蔡越涛 著

越涛词

二

作家出版社

作者简介

蔡越涛 .... ● ● ● ● ● ● ● ●

当代作家，中国作家协会会员，毕业于郑州大学新闻系，曾多年手持金话筒穿梭于电视荧屏，长期担任省会电视台高层领导，却偏偏钟爱汉字的灵动，尤其喜欢在长短句里痴迷、沉浮。由作家出版社出版的长篇小说"命运三部曲"——《日出日落》《家里家外》《独来独往》，受到海内外读者追捧；堪称中国当代《红楼梦》的佳作《香玲珑》和词集《越涛词》更是备受关注，其中《越涛词》第一部入选第七届鲁迅文学奖。

锦心绣口吹兰气　烟津玉露三月花

——为中国当代作家蔡越涛的《越涛词》第二部作序

张玉太

春去春又还，万物已涅槃。

我还沉浸在上部《越涛词》所营造的温婉缠绵、且又回肠荡气的诗情画意中，冥想着绵绵诗意带来的酣畅呢，而如今，大才女蔡越涛的同名作品第二部又摆上了我的案头。翻阅之际不禁感叹：第一部已是出手不凡，这第二部，又怎是一个"美"字了得！字里行间不只是"菊绕枕边月，闲云撩诗行。看淡聚散事，任岁月暖凉"的洒脱美，更是"一树梨花春带雨，柳浣东风衔旧梦""痴情如我种红豆，缕缕相思待秋收"的红尘大幕已经徐徐拉开，"乱红飞度摇烛影，梦醒方知春睡重"的"那一岸晓风"牵动我的视线，可以清晰地感受到，在绚丽秀柔的文字里蕴藏着恬淡的向往和美丽的哀愁。

品读《越涛词》第二部犹如锦心绣口吹兰气，烟津玉露三月花，如沐春风，如饮甘霖，美不胜收。蔡越涛把诗词的语言美、韵律美、情感美、意境美、人格美做到了完美统一，美到令人拍案叫绝，不忍释卷，从中享受当代中国好词的精神大餐。

中国是诗词的国度，悠悠五千年，诗词有着光辉灿烂的历史，在中国文学创作中处于重要地位。蔡越涛一直在孜孜不倦地学习词作，是在继承中华民族优秀传统文化的精髓，对人的成长有着深远的影响。纵观中国历史，一些有成就的人，名门望族，各界精英，往往是热爱诗词、饱读诗词、善写诗词，从诗词中陶冶情操、汲取力量的人。例如古代的苏轼、辛弃疾、李清照，现代的毛泽东等，诗词成就光耀千古。

中华诗词是有节奏、有韵律并富有感情色彩的一种语言艺术形式，也是世界上最古老、最基本的文学形式。严格的格律韵脚、凝练的语言、绵密的章法、沣沛的情感以及丰富的意象是中华诗词美之所在，是中华数千年社会文化生活的缩影。在当代中国，诗词已经深深地融入人们的日常生活。

蔡越涛作为电视媒体人，长期与镜头打交道，体察生活更加直观，也更加深入浅出。她将自己的审美体验、内心情感，与经过提炼加工后的生活图景融为一体，形成一种艺术境界。她的《越涛词》第二部在文字美的同时，画面感丰富灵动，仿佛每首词都可以闻到一幅幅画面的呼吸。诸如"天山白云漫渡，牧笛横吹绝伦。骏马踏花四蹄香，牛羊八方成群。苜蓿碧翠锦毯，长调悠扬黄昏。君郎把酒逞英豪，雄鹰舞透祥云"的描写，把带有浓郁草原气息的美景美图立刻展现在读者面前，给人以身临其境的真实感，似乎触手可及。

世间万千事，谁人不困情？

蔡越涛最擅长对人间真情的描写与刻画，即可感知其热情如火、对美好爱情憧憬的一面，亦可触摸其孤独遗世、独立苍茫的落寞情怀，情动眉弯，深入骨髓，直逼心灵。当被"仅凭一回眸，入情万丈，哪管白露降""心事成潮，香襟湿，好梦难圆。怎奈何，一帘春色，空卷半帘薄寒"的复杂心情席卷时，别有一番滋味在心头，万般无奈，感慨盈怀，"临窗独坐夜阑珊，天幕横，月半弯，秋去冬来，垂柳枝已残""十里情歌起，隔岸飞花黄，梦还断桥西厢，恨夜长""痴情债，空哀叹，满城孤寂，一襟烟水寒"。即便是这样，却还能体会到"莫道离愁惊恨鸟，今宵一醉，任他桃花劫"的任性与孤傲，其人生况味，暖凉自知。

　　昨夜西风过，今朝叶见黄。

　　纵览《越涛词》第二部，总感觉被作者牵着魂魄似的，不由地从内心深处与词章息息相通共波澜，领悟人生是一个渐悟渐进的成熟过程。初心鬓云度，今宵叹香尘。深深地感知到词章融入了作者对人生、对爱情、对事业的思想感情，出神入化，刻骨铭心。诗词的语言是最凝练的，最精彩的字词或句子，好像人的眼睛一样传神。当读到"红颜色易衰，花开弹落弦""看千古风流人物，惜华年"，顿时生出时不我待的紧迫感，同时哀叹人生的乖殊，"三千情丝抽尽，独自话凄凉""长风送秋雁，归期寄月钩"一次次将离殇撕出一道道口子，一次次舔着伤口悟道自省，"踏破红尘三千丈，不过一帘梦"。与其是被红尘凡事折磨得遍体鳞伤，"倒不如，眉低一笑，任尔花开西东"。这里可以看出，词与作者忧喜相伴，一同成长。

　　离愁孤舟渡，恨别万里空。

　　"自古痴情多离恨，红尘多少事，都付戏言中。"人要想活得有尊严，得有栖身立命的活法，"若怀诗心吹兰气，何惧苟且偷平生""一朝红颜浣秋雨，尚有傲骨撑寒冬"。蔡越涛最终将"诗言志"的诗性特质锤炼得炉火纯青，"人格美"也上升到了更高层次，读起来酣畅淋漓。

　　蔡越涛曾经多年手持金话筒穿梭于电视荧屏，口才了得，文笔更是了得。在《越涛词》第二部中突出地感觉到，她词的诗性独立意识和诗思探索更加主动，词作的技术运用也更加严谨。读她的作品，总能给人以字字珠玑的畅快，语境学养老到深厚，文学功底可见一斑，真可谓兰章华韵，无论是思想表达，还是艺术表现，都上升到了一个更高的层次，堪称难得佳作。尤其是金句灿若星辰，朗朗上口，必将成为中国传统文化的自信及烟波浩淼的文学宝库中的烟津甘露，滋养后人。

　　我为蔡越涛喝彩，并为她今后的创作给予更加美好的期许。

2018 年 3 月 22 日

张玉太（笔名张帆）河北省元氏县人。中国作家协会会员，中国诗歌万里行组委会委员，北京大学中日诗书画比较研究会顾问，作家出版社资深诗歌编辑。曾任臧克家、贺敬之、李瑛、翟泰丰等著作的责任编辑；已为 200 多位中青年作家、诗人的作品担任责编。

四

词美人，墨香古卷间，千年一叹。

——《沁园春·宋词》

卷一　抬望眼

萧瑟梧桐天向晚，花摇月影，几多梦能圆。

目录

卷二　烟波皱

风吹碧池叠微澜，一帘春色，空卷半帘薄寒。

二

卷三　月如钩

玄月如钩幽梦凉，只道寻常，一握烟云相纵。

卷四　桃花咒

踏破红尘三千丈，一曲离殇，唱累桃花咒。

卷五　朱颜瘦

红尘相向皆似梦，东风衔恨，不过枫丹秋路。

附卷　唱词

朱颜已改花不同，最是那数落花声。

萧瑟梧桐天向晚，
花摇月影，
几多梦能圆。

卷一　抬望眼

定风波·雨打翠帘[1]伴书声

雨打翠帘伴书声，玉漏浅辉已三更。

阆苑神笔知知少，莫等，潜海百卷待游龙。

一日未谋书香面，不宁，朱颜华发眸底空。

若怀诗心吹兰气[2]，傲骨，何惧苟且偷平生？

注释 ◆◆◆

　　1 翠帘：绿色的帘幕。
　　2 兰气：气息像兰花那样香。形容美女的呼吸，也用于形容词华美。

江城子·雪中情

畅通桥[1]上雪朦胧，踢死牛[2]，扮顽童。

天地一色，羽化了霓虹。

熊儿河面薄冰瘦，大桥下，若仙踪。

高跟皮靴红斗篷，十指扣，腻卿卿。

睫毛生淞，鼻翼雾蒙蒙。

倏忽[3]一阵旋风起，罗纱[4]飞，笑玲珑。

注释 ◆◆◆

　　1 畅通桥：指河南省郑州市黄河南路与熊儿河路交汇处一座现代化的水陆两用桥。

　　2 踢死牛：民间对坚实厚重的皮鞋的俗称。

　　3 倏忽：汉语词汇。指很快的，忽然间，一眨眼工夫。

　　4 罗纱：借指丝质的纱巾。

江城子·萧瑟梧桐天向晚

萧瑟梧桐天向晚，乌云卷，暮垂帘。

秋雨欲来，水墨泛寒烟。

金蝉[1]嘶鸣诀别调，凄凉饮，断离弦。

雨滴飘零风剪剪，眉尖痛，瘦朱颜。

轻解罗裳[2]，懒弄金钗鬓。

千年情怨平仄[3]赋，三更尽，满诗笺。

注释 ◆◆◆

1 金蝉：实名蚱蝉，是蝉科昆虫的代表种，成虫又称黑蝉，俗称知了龟。

2 罗裳：犹罗裙。古代指遮蔽下体的衣裙。

3 平仄：平声和仄声，泛指诗文的韵律。平仄是四声二元化的尝试，四声是古代汉语的四种声调。所谓声调，指语音的高低、升降、长短。平仄是在四声基础上，用不完全归纳法归纳出来的。平指平直，仄指曲折。在古代上声、去声、入声为仄，剩下的是平声。自古平仄失调，平仄和不拘平仄之争是永恒的话题。

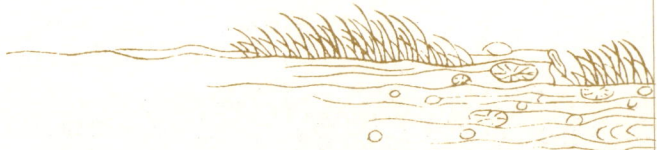

江城子 · 千里相思明月夜

千里相思明月夜，南杭城，北汴梁。

莫笑痴狂，与君梦一场。

只怕相见两相迟，青丝绾[1]，染秋霜。

恨不此时共庭堂，左烛光，右茶香。

把酒深杯，任他西风凉。

烟波浩渺碧窗透，月同圆，诉离殇。

注释 ——————————

1 绾：汉语汉字。绾是盘绕、系结的意思。

醉花阴·西风阵阵影画楼

西风阵阵影画楼，供谁参冷暖？

丹桂[1]依旧在，暗香几许，花落人不见。

明月清冷倚兰舟[2]，枫桥[3]雁隔岸。

念红尘情愫，青丝绕肠，谁解个中怨？

注释 ◆◆◆

1 **丹桂**：一种常绿灌木，雌雄异株，叶长椭圆形，开橘红色花，香味很浓，是珍贵的观赏植物。又叫金桂。

2 **兰舟**：汉语词汇。兰木做的床的雅称，也是船的雅称。

3 **枫桥**：枫桥位于江苏省苏州市寒山寺北，是一座横跨古运河上塘河的单孔石拱桥。现存的枫桥重建于清同治六年（公元1867年），桥长39.6米，宽5.27米，跨度10米，其东堍与铁铃关相连，成为苏州城西的重要水陆军事要塞。因诗人张继的《枫桥夜泊》闻名古今中外。

苏幕遮 · 雁声远

雁声远，烟岚探。天影婆娑 [1] ，萧瑟秋风乱。

爱恨凋零一瞬间，锦书 [2] 难托，耳语随云散。

痴情债，空哀叹。雨花摇曳，坠落红尘怨。

谁念离愁悲画扇？满城孤寂，一襟烟水寒。

注释 ◆◆◆

1 婆娑：盘旋舞动的样子。

2 锦书：古意锦字、锦字书，多用以指妻子给丈夫的表达思念之情的书信，有时也指丈夫写给妻子的表达思念的情书。

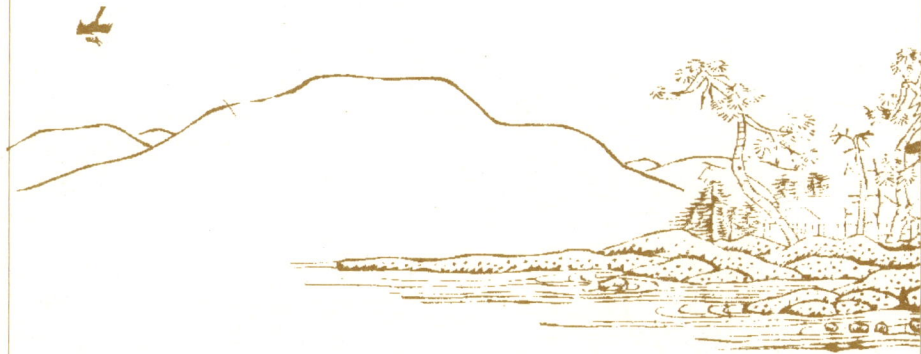

小重山 · 雨打冷窗飞花溅

雨打冷窗飞花溅，郁郁秋色深，夜萧寒。

遍地黄花香堂前，问几许，何处不霜天？

旧梦过廊桥[1]，惊扰东篱院，却无言。

揽尽繁华终是空，倒不如，诗书伴残年。

注释 ◆◆◆

　　1廊桥：指有屋檐的桥。可遮阳避雨，供人休憩、交流、聚会、看风景等。

诉衷情·八月桂花香满堂

八月桂花香满堂，依侬赋诗行。

金黄次第浓郁，萧瑟敛秋光。

小轩窗[1]，一壶酿，嗅芬芳。

醉里凝眸，眉鬓红妆，好梦仙乡。

注释 ◆◆◆

1 轩窗：指窗户，是古代对窗户的别称。

临江仙·岁暮[1]匆匆雪纷纷

岁暮匆匆雪纷纷，吹醒残酒轻身。

乌纱卸去夜归人。清风十里地，两袖甩童真。

初心不忘柳梢月，钩落两眸芳芬。

终将锦书寄明春。东风转身处，晓梦步红尘。

注释 ◆◆◆

1 岁暮：指岁末，一年将终时。

临江仙 · 夜阑飞花三更寒

夜阑[1] 飞花三更寒，素笔萧图菊残。

霜天老柳筋骨顽。繁华随风去，高洁留尘寰。

今宵谁渡枕边月？闲愁几许笑谈。

最是沉默诗心倦，对作夜独守，错还只影单。

注释 ————————————————— ◆◆◆

1 夜阑：夜深人静的时候。

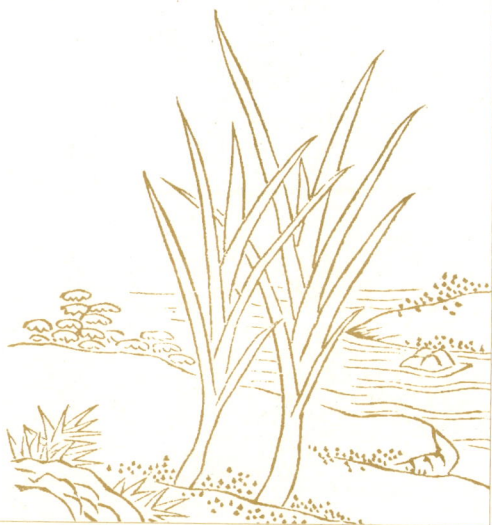

醉花阴·更深雾重夜未央 [1]

更深雾重夜未央。愁眉多怨悲怆。

仅凭一回眸，入情万丈，哪管白露降。

灯火微茫粉唇淡，任性俏模样。

本是红尘客，天涯梦残，怎堪不思量。

注释 ◆◆◆

1 夜未央：汉语词汇，取自《诗经·小雅·庭燎》的诗句，意思是深夜还未到天明。

点绛唇·绿鬓[1]霜疏

绿鬓霜疏，来往过客堪无数。

一念天涯，只影烟雨渡。

玉漏三更，最是诗梦独。

寒欺骨。心事两猜，浣愁长亭处。

注释 ◆◆◆

1 绿鬓：汉语词汇。指乌黑而有光泽的头发，形容年轻美貌。

苏幕遮·夜阑珊 [1]

夜阑珊，声声慢。花摇月影，几多梦能圆？

素笔残章多无奈，愁绪难掩，直搓手心汗。

泪蒙眬，香肩软。醉卧清秋 [2]，孤灯挑暮旦。

怎堪枉度又一年，阑干重倚，看雨花飞溅。

注释 ————————————————————————— ◆◆◆

1 **夜阑珊**：指夜将尽。阑珊有衰落、将残、将尽的意思。

2 **清秋**：特指深秋。清秋也意指明净爽朗的秋天。

苏幕遮·伤离别

伤离别，黄昏后。金鸡湖[1]畔，戏水惊瘦柳。

欢情过罢孤杯酒，泪雕花瓣，簌簌撒玉漏。

柔肠损，凉初透。蚀骨夜阑，任凭松风吼。

捻一缕月色相守，眉梢寒流，更深冷衫袖。

注释 ◆◆◆

　　1 金鸡湖：位于江苏省苏州市工业园区，总面积 11.5 平方公里，属于长江水系。当地多以吴侬软语的苏州话为主要交流语言。金鸡湖一说，相传因金鸡落于湖中船上而得名。很久以前，一艘装满稻谷的小船在金鸡湖上行驶。忽然，一只金身金光的硕大金鸡从天而降，跳到稻谷堆上开始啄食。渔夫猜测金鸡腹中饥饿，便好心捧起大把的稻米喂与金鸡。在金鸡飞离小船之时，抛下漫天的种子。瞬间，金鸡湖中长出了一种姑苏人从未见过的植物——芡实。后来，人们为了感谢金鸡送芡实，将金鸡飞临之湖称为金鸡湖。

苏幕遮·夜漫漫

夜漫漫，残灯照。湿了胭脂，重启相思调。

此生只为一人歌，君心似我，余音三千兆。

荷花灯[1]，笔尖跳。香雾袅袅，正婉约韵脚。

重吟那船烟津露，词落芳笺，幽怀声声妙。

注释 ◆◆◆

1 荷花灯：俗称放水灯。是江浙民间极盛行的一种灯彩艺术，取水族动物形状，以荷花灯衬托，交相辉映。荷花灯主要是在正月十四至十六三个晚上放，若逢闰月之年，再添一个晚上。寓意着团圆和美，和谐美满。

诉衷情·风摇落叶离枝头

风摇落叶离枝头，凌乱逢深秋。

站在十字路口，背影曾回眸。

生卜算，悲或喜，两处愁。

花谢春红，月沉东塘，梦回西楼[1]。

注释 ◆◆◆

　　1 西楼：顾名思义西边的楼。在文学作品中往往含有凄婉伤感之意。

南歌子·南雁飞人字

南雁飞人字，声落泪两行。

望断天涯盼君郎。又是一年清光、鬓染霜。

十里情歌起，隔岸飞花黄。

瑟瑟寒江惊回廊。梦还断桥¹西厢²、夜更长。

注释

1 **断桥**：指西湖断桥。位于杭州北里湖和外西湖的分水点上。一端跨着北山路，另一端接通白堤。据说，早在唐朝，断桥就已经建成。宋代称保佑桥，元代称段字桥。因一出《白蛇传》的爱情故事发生于此，白娘子与许仙断桥相会，确为断桥景物增添了浪漫色彩。

2 **西厢**：借指元代著名剧作家王实甫的代表作《西厢记》中张君瑞和崔莺莺优美动人的言情传奇故事。

蝶恋花·凝眸痴醉花千树

凝眸痴醉花千树，紫陌披红，十里江南路。

莲步轻移鸥鹭舞，渔舟唱晚斜阳暮。

雨巷石板红伞忽，小桥弄影，烟柳鼙相顾。

双蝶振翅红湿处[1]，情词一阕叹芳误。

注释 ◆◆◆

　　1 红湿处：指春天带雨开放的繁花，红艳欲滴，氤氲成片，形成一处绝佳景色。

相见欢·半盏幽灯孤影

半盏幽灯孤影，浮生¹同。

任月弯月圆琳琅帘栊。

黄花瘦，芒花白，寒枝琼。

楼台飞雪素弦觅春踪。

注释 ————————————————————— ◆◆◆

1 **浮生：**汉语词汇。指人生，基本意思是空虚不实的人生。
通常说世事无常，人就像大海中微小的灰尘，漂泊不定，含有悲
凉之意。

点绛唇·灯挑孤影

灯挑孤影，画屏缱绻百般绪。

相念空头，冷月冰如玉。

庭院幽幽，海棠开次第。

芳华[1]寂。莫问归期，欲寻千里去。

注释　　　　　　　　　　　　　　　◆◆◆

　　1 芳华：芳，原意是指花草的香气，引申为美好的意思。芳华形容正处于花季岁月的女子，像花一样的年华。

南乡子·独自登绣楼

独自登绣楼。香侵素袂[1]倚兰舟。

江南美人袖痕柔，空守。渔火山月隔窗透。

浅杯弄清酒。相思烟波一层秋。

梦里曾经与那人，夜游。良宵笙歌岁岁留。

注释 ◆◆◆

1 **素袂**：白色或其他素色的衣袖。

江城子·临窗独坐夜阑珊

临窗独坐夜阑珊，天幕横，月半弯。

秋去冬来，垂柳枝已残。

举杯邀雪沧桑冷，红尘客[1]，两相干。

众里寻他过千帆，眸波暖，前世缘。

情长路短，一别远经年。

繁华落尽晓风寒，鬓毛衰，误鬓簪。

注释 ◆◆◆

1 红尘客：红尘指人间凡世。在红尘中匆匆而过的，都可称
为红尘客。

苏幕遮·晓风寒

晓风寒，吹情怨[1]。山雨欲来，花落枝头眷。

青丝缕缕霜次渐，四目相悦，欢喜扯暮旦。

笛声残，愁容倦。海霞映天，心事两鬓攒。

镜花水月说是梦，兰舟柳渡，瓜葛终不断。

注释 ————————————————————————— ◆◆◆

1 情怨：哀怨之情。

醉花阴·鸳鸯戏水碧波荡

鸳鸯戏水碧波荡，轻舟摇沪上[1]。

看海鸥低飞，外滩[2]漫步，霓虹夜夜亮。

七月流火翻逐浪，两情若相向。

侧目窥朱颜，玉面粉妆，恍惚唢呐响。

注释 ◆◆◆

　　1 沪上：上海市的别称。

　　2 外滩：位于上海市黄浦区的黄浦江畔，即外黄浦滩。1844年（清道光二十四年）起，这一带被划为英国租界，成为上海十里洋场的真实写照，也是上海租界区以及整个上海近代城市开始的起点。

临江仙·冰抱香蕊吟痴痕

冰抱香蕊吟痴痕，寒穹仙姿销魂。

高冷不屑梅殷殷。倾城好颜色，盈盈两袖春。

东篱独酌斜枝媚，暗香款款芳芬。

腊月惊艳付绝尘。朵朵藏玉骨，美煞[1]弄花人。

注释 ———————————————— ◆◆◆

1 煞: 意思为极、狠。

南歌子·七夕[1]孤灯照

七夕孤灯照，月冷只影单。

天上人间同离恨。往日烟波终远、别经年[2]。

几滴腮边泪，啼痕知深浅。

织女尚可鹊桥会。怎堪朱门[3]红袖、锁愁眠。

注释

1 **七夕**：是中国情人节。七夕节又名乞巧节或七姐诞，发源于中国，是华人地区以及东南亚各国的传统节日。该节日来自于牛郎与织女的传说，在农历七月初七庆祝。七夕被中国国务院列入第一批国家非物质文化遗产名录。

2 **经年**：已经过去的好多年，带有伤感的味道。

3 **朱门**：指古代王侯贵族的府第大门漆成红色，以示尊贵。后泛指富贵人家。

一剪梅·冰蕊凉透五更寒

冰蕊凉透五更寒，朔风残吹，琼枝素衫。

天涯枕畔两无言，疏窗紧闭，斜灯阑珊。

断肠声里弄音弦，寸心耿耿，泪雨隔帘。

积雪三尺玉漏[1]填，月色如烟，愁落眉弯。

注释 ◆◆◆

1 **玉漏**：汉语词汇。古代计时漏壶的美称。

一剪梅·众里寻他眸底穿

众里寻他眸底穿，痴情欲燃，珠泪弹衫。

纵使千般意绵绵，对影成孤，谁端朱颜？

闻风絮语托莺传，乱红覆溪，杨花翩翩。

几度梦里醉枫丹[1]，还待时日，缔结凤鸾。

注释

1 枫丹：指深秋季节，枫叶红了的时候。

鹊桥仙·踏雪寻梅

踏雪寻梅，春冰玉碎，相见无言以对。

斜枝傲然摇疏影，一眸芬芳滴红泪。

怅望西楼，残月微茫[1]，凡尘倦客薄醉。

怎堪东风第一香，冰雪寒透梅花蕊。

注释 ◆◆◆

　　1 微茫：迷漫而模糊。

鹊桥仙·银杏黄叶

银杏黄叶，嬗变[1]成蝶，梦醒不知天亮。

垂翅成舞扑热土，清扬婉兮犹在唱。

光影折射，半盏离殇，最是那寒霜降。

三千风雨等闲视，叶根相系难相忘。

注释 ————————————————————————◆◆◆

1 嬗变：汉语词汇。指蜕变、更替。

声声慢·恍恍惚惚

恍恍惚惚，轰轰隆隆，惨惨烈烈残残。

杭州蓝色钱江[1]，火海狼烟。

千万豪宅呜咽，亲人困、营救莫展。

女主人，仨儿女，四命泪洒黄泉。

狼保姆蛇蝎胆。一把火，缘起欲壑难填。

恩将仇报，东家未设防线。

滥用善心善念，却落得、天塌地陷。

潼臻一生，还能与谁共梦圆？

注释

1 蓝色钱江：高档社区。2017年6月22日凌晨5点左右，浙江杭州高档小区林某家因保姆纵火，造成一位母亲和她的三个未成年的孩子葬身火海的恶性案件震惊中外。

浪淘沙·北风吹雪绵

北风吹雪绵，西楼听寒。

琼枝笼纱露红鲜。

轩窗隔透花千树，玉屑云端。

楼台自凭栏，空庭凉烟，

但听青鸟¹ 鸣春山。

梅朵弄香疏影瘦，明黄倚帘。

注释   ◆◆◆

1 **青鸟**：是一种常见的小型鸟类，类似麻雀大小的青蓝色小鸟。神话传说中为西王母取食传信的神鸟。

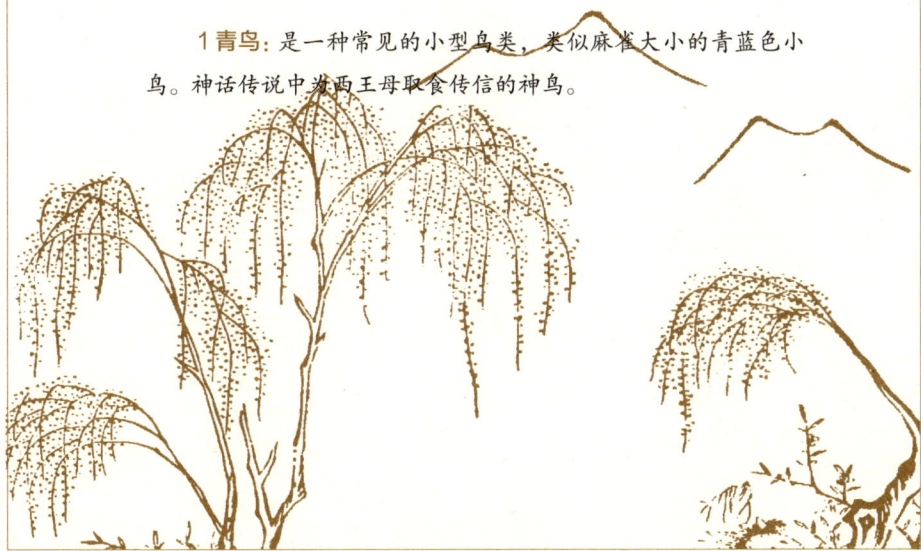

虞美人·痴情女

银丝初顾绿窗老，红尘知多少？

昨夜酒肆[1] 把盏轻，今宵盈盈秋水问西东。

痴情如我多情在，只是云鬓改。

啼痕浣尽红袖愁，淡妆菱镜忽若上眉头。

注释 ◆◆◆

1 **酒肆**：供宴饮用的店铺。又称为酒舍、酒店。宋代酒店与食店分建，食店又称饭庄、食肆。清代大店基本没有区分，小店则酒食不兼卖。

越涛词 二

三四

青玉案 · 金达莱[1]

碧玉琼枝盆中栽，喜凉爽、莫暴晒。

日日锦霞放丹彩。雌雄同株，花开五片，家宠金达莱。

本应东隅竹篱伴，映得芙蓉到楼外。

斜阳正浓飞鸟过，几声欢叫，惊落残红，粉面娇羞态。

注释 ◆◆◆

　　1 **金达莱：**别名尖叶杜鹃、兴安杜鹃。主要生于山坡、草地、灌木丛等处。金达莱是田野中开放的第一朵花，朝鲜民族将其视为春天的使者，并贵为国花，也是我国延吉市的市花。金达莱的花语是长久开放的花。

沁园春·大玉米 [1]

年末岁尾，千玺广场，绚烂时光。

如意湖托衬，全息投影；美轮美奂，筑梦飞翔。

中原地标，盖世无双，裙楼屏气听回廊。

琥珀色，分分钟变异，红白蓝黄。

卿在楼台赏景，他人将卿纳画入章。

名流聚集地，街舞琳琅；聆听管乐，书声朗朗。

文化盛宴，口齿噙香，零点灯光秀登堂。

举目极，声色齐跨年，欢歌绝唱。

注释

1 **大玉米**：民间俗称。真名为千禧广场，又名千玺广场，位于河南省郑州市郑东新区 CBD 的一座地标建筑，主要用于酒店。因楼宇是圆柱式建筑，夜晚布景灯采用黄色设计，由此而得名。

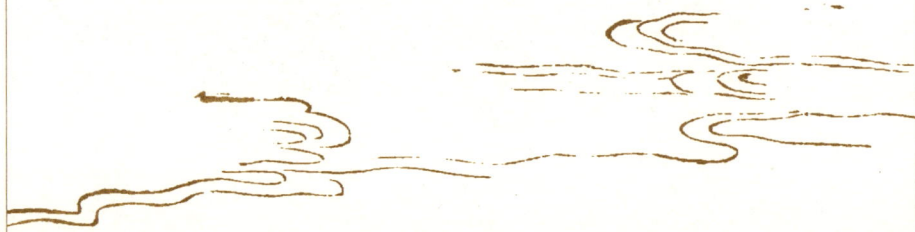

青玉案·致张玉太¹先生

犹记当年花盈树。更东风、香如瀑。

倜傥青衫结师徒，岁华落墨，百世悲欢，笔尖销魂舞。

煮酒酿诗万里行，作序题跋兰气输。

嫁衣予人堪无数。诗坛老帅，吟月多情，咏叹千秋赋。

注释 ◆◆◆

1 张玉太：笔名张帆，河北省元氏县人，中国作家协会会员，
作家出版社资深诗歌编辑。曾任臧克家、贺敬之、李瑛等著作的
责任编辑；已为200多名中青年作家、诗人的作品担任责编。

青玉案·致高旭旺[1]先生

黄河巨龙擂腰鼓。三门峡、太阳渡。

甩纸挥毫河之书，鱼儿戏水，芦苇飞花，客船斜阳暮。

梦底笔瘦芳华老，诗来不朽岸风诉。

洒泪三千吟歌赋。一壶浊酒，两阕清词，纵横平仄路。

注释

1 高旭旺：著名诗人，作者的诗歌老师。《大河》诗刊社社长、总编辑，原河南省诗歌学会会长，出版《五色土》《爱的方位》《高旭旺话诗》等十几部著作，屡屡获奖。这首《青玉案》是作者专为高旭旺先生长诗《河之书》获中国第二届长诗奖而作。

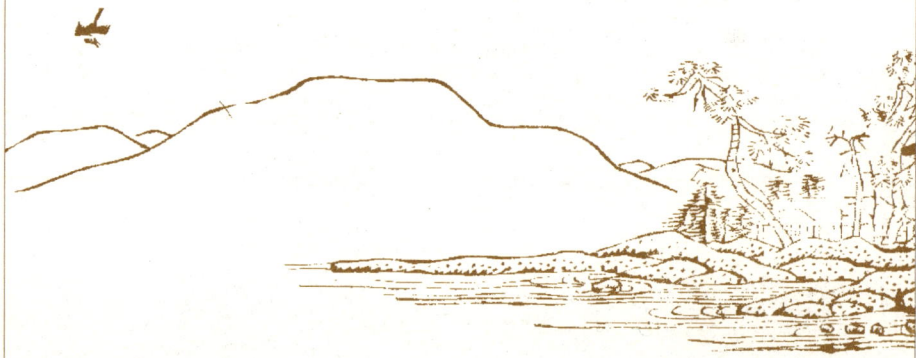

青玉案 · 贺买宝成[1]先生甲子华诞

年少十七知青路。板寸头、藏蓝裤。

深明通达款款步，处变不惊，临危若泰，生却铮铮骨。

安良除暴蓝盾护，经纶满腹书作伍。

苦雨戚风君不负。过眼浮华，情重生死，任尔斑霜度。

注释 ◆◆◆

1 **买宝成**：作者青梅竹马的挚友。这首《青玉案》是为买宝成先生戊戌年寿辰而作。

青玉案·郑板桥 [1]

东吴姑苏奉祖先，字克柔、号理庵。

狂放不羁辞官远，扬州八怪，恣情山水，撇捺三绝卷。

尤其擅长画竹兰，少不疏且多不乱。

千枝万叶两袖寒，香骨气节，好色多情，舍我谁竹兰？

注释 ◆◆◆

1 **郑板桥**：原名郑燮（1693—1765），祖籍苏州，清朝官员、学者、书法家、画家，"扬州八怪"之一。其诗、书、画旷世独立，其中画竹五十余年，成就最为突出。著有《板桥全集》。

青玉案·殷桃[1]

两峰傲乳说丰腴，香肩瘦、软实力。

裸色低胸阴柔底，项圈锁骨，烈焰红唇，长裙曳墨绿。

角色贵妃深浅戏，美到闻者近屏气。

性感火辣撩人气，红毯碎步，冷艳回眸，天下无所替。

注释 ━━━━━━━━━━━━━━━◆◆◆

1 殷桃： 1979 年 12 月 6 日出生于重庆，中国内地女演员，毕业于解放军艺术学院，系中国人民解放军空军政治部电视艺术中心演员。因演技出色，获得过中国话剧金狮奖、中国戏剧曹禺奖、中国上海白玉兰优秀女主角奖，并入围金鹰奖优秀女演员等。

念奴娇·蝶

巧姿袅娜，弄蜕变，起落温婉疏狂[1]。

紫陌氤氲，凝香处、随兴扇动蝶浪。

浓艳墨翅，圈点图黄，幽径配相当。

莫食烟火，纵花丛舞霓裳。

日暮晚来风急，魅影嵌花底，忘却时光。

骤雨突袭，羽翼累、瞬间入泥成殇。

岁促命薄，可闻兰草香，绝世炎凉。

倾尽美丽，灵魂休被捆绑。

注释

1 疏狂：汉语词汇。指豪放，不受拘束。

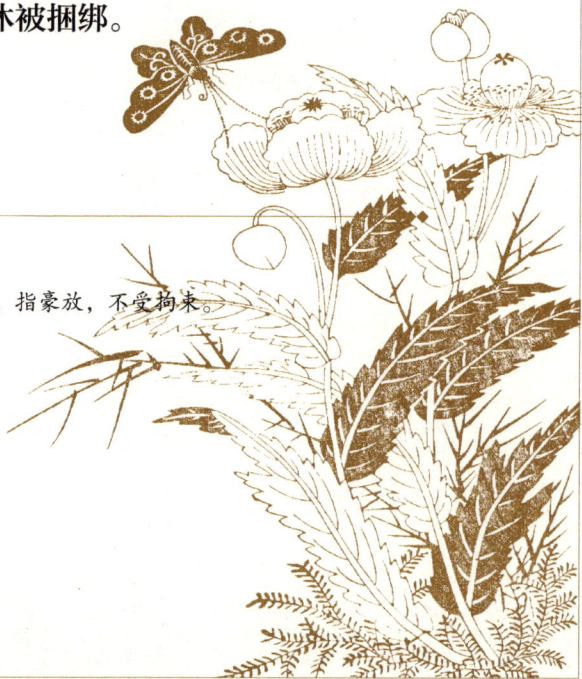

定风波·上元¹夜

一弦古韵东风破，火树银花夜薄寒。

经年上元交杯酒，尽欢，今朝盏孤闪桌边。

灯花星星对眨眼，阑珊，错饮相思断肠肝。

千里驰骋梦为马，举头，柳系青山明月还。

注释

1 **上元**：节日名。俗以农历正月十五为上元节，也叫元宵节。

忆秦娥·黯然[1]夜

黯然夜，碧霄匆匆东山月。

东山月，长河独守，俗念成阕。

几番旧梦星如雨，谁问痴怨空悲切？

空悲切，沧桑尽染，尘缘冷却。

注释 ◆◆◆

1 黯然：汉语词汇。一般指情绪低落、心情沮丧的样子。有时也指面色难看。

忆秦娥·残更漏

残更漏，海棠东风胭脂瘦。

胭脂瘦，银烛妆台，红粉施就。

芳心如初为君守，占尽春光香襟[1]袖。

香襟袖，流水高山，知音慢奏。

注释

1 襟：衣服的前胸部分。有时也指胸怀和抱负。

江城子·风过楼台[1]穿绣帘

风过楼台穿绣帘，极目眺，烟水寒。

玉臂环肘，对坐苍云巅。

朱唇微翘柳眉弯，长短句，吟易安[2]。

莫道浮生梦底瘦，花娉婷，芙蓉颜。

隔窗凝眸，孤舟斜阳还。

遥念烟波千里外，正相思，月半弯。

注释 ———————————————————— ◆◆◆

1 楼台：凉台。泛指楼。

2 易安：宋代女词人李清照（1084—1155），号易安居士，齐州章丘人（今山东章丘），婉约词派代表，有"千古第一才女"之称。

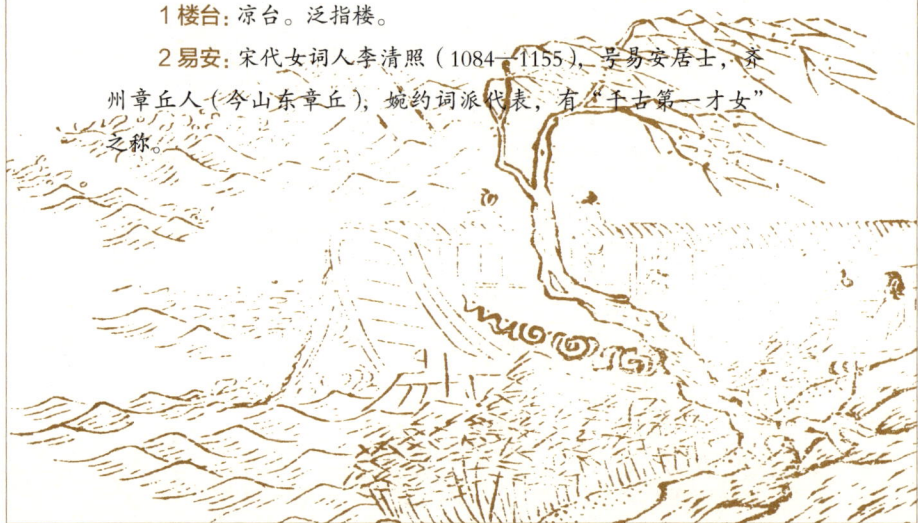

汉宫春·山水云影

山水云影，峰峦叠翠，纤指绕琴声。

细柳绿绦半堤，诉说柔情。

不曾忘却，明月夜，软语卿卿。

结鸳盟，胭脂红尘，繁华春色呢哝。

最是伊人同醉，任飞花万点，灯火流萤[1]。

琴瑟疏狂律动，莫断飞鸿。

同曲重奏，多温恭，别样朦胧。

极目处，无雨无晴，时光盈握几重？

注释

1 流萤：飞行无定的萤。

南歌子·钩月描半弯

钩月描半弯，闲愁淡眉间。

妆台晓镜映堂前。凝露梅花疏影、琼枝寒。

春江绿水诉，野渡唤君还。

笔底芬芳韵霞丹[1]。不及桃花媚眼、识凤鸾。

1 霞丹：吉祥红色的云朵。

定风波·楼台又绿燕飞弧

楼台又绿燕飞弧，暖日熏风蒪芳苏。

浣月花溪春来早，争渡，流水小桥似当初。

离人千里三春梦，惟愁，流觞孤吟有亦无。

何日影双谢烟柳，痴目，杯闻软语自救赎[1]。

注释

1 **救赎:** 希伯来语。有一个类似含意的词语是"释放"。在基督教的语义中，是指以生命为代价，使得上帝能从罪的市场把信徒们购买回来，从而获得解放。

天净沙·哭灵 [1]

西风残云黄沙，

跪堂孝子披麻，

金山银楼宝马。

悲歌唢呐，

炸开断肠泪花。

注释 ◆◆◆

1 哭灵：祭典的一种形式。戊戌年正月初八卯时，岳老先生
驾鹤西去，享年83岁。按照当地风俗，长者仙逝大祭三天，设
灵堂、扎社火、唱大戏，以传统方式寄托哀思，众子女孙辈守灵
守孝。

浪淘沙·北方有佳人

北方有佳人，遍倚阑干[1]。

踏雪寻梅西厢南。

闻簌簌朵朵冷艳，空庭清欢。

寒侵斜枝闹，粉妆玉饰，

连蝶飞[2]难掩朱颜。

雁字灯花帘半卷，红炉正喧。

注释 ◆◆◆

1 阑干：同栏干。古人常倚阑或"凭栏"来望景抒怀。

2 连蝶飞：形容雪下得很大，雪花像成群的蝴蝶尽情狂舞。

念奴娇·冬菊

古都汴梁，白紫黄，缀满亭台疏篱。

大幅降温，雪中曲、芬芳清新音律。

墨菊卷枕，花香沾衣，醉一城旖旎。

飘逸若羽，花瓣半舒半曲。

宁可抱蕊枝头，守一方净土，素心如玉。

凛冽 ¹ 从容，久倚栏、笑谈聚散合离。

清雅高洁，携花黄两朵、聆听静谧。

人淡如菊，奈何红尘孤寂。

注释

1 凛冽：寒冷刺骨。也形容态度严肃，令人敬畏。

念奴娇·冬柳

万木凋零，天河冷，冬柳轻裹盛装。

斜阳残照，丝丝垂，飘逸半堤青黄。

趋云风雅，丰腴诗行，绿绦¹已重霜。

默默摇曳，只把成熟绽放。

昨夜寒流突袭，北风来势猛，断枝成殇。

柳瘦芳残，瑟瑟凉，根系热血敛藏。

柔中带刚，静待春日暖，曼妙登场。

斜枝疏影，新月钩柳成章。

注释

1. 绿绦：长长的柳条柔嫩轻盈，像千万条绿色的丝带低垂，婆婆起舞。

江城子·无寐[1] 三更听风吼

无寐三更听风吼，雨声随，玉漏幽。

闲坐西楼，抬眸已成愁。

岁季梳理扯皮事，万千绪，哽在喉。

多少无奈腮边泪，事难做，人难求。

恍然若醒，念天地悠悠。

花开花落且去也，眉鬓府，几分柔。

注释 ————————————————◆◆◆

1 寐：睡梦，睡着。

汉宫春·夜未央[1]

亭廊微茫，更漏数灯笼，玉盘悬空。

病榻前头风累，独倚帘柀。

犹记当年，正芳华，许诺三生。

后来日，离愁盈怀，陪伴徒有虚名。

泪染千个理由，牵情自讨苦，深杯伶仃。

临镜青丝霜覆，几多残红？

旧事重提，只能够，惹乱心宁。

倒不如，眉低一笑，任尔花开西东。

注释

1 **夜未央**：夜未尽，夜漫漫无穷尽。

风吹碧池叠微澜，
一帘春色，
空卷半帘薄寒。

卷二　烟波皱

沁园春·宋词 [1]

大宋王朝，烟波浩渺，词章惊艳。

那一岸晓风，吟诗醉月；口齿噙香，飞花万点。

欲说还休，绿肥红瘦，深锁冰心向易安。

凝香腕，秋风移画扇，黛眉轻弯。

杏花烟雨西楼，还见佳人移步款款。

蓦一眸剪影，愁肠百结；凄凉哀怨，绝世纳兰。

豪放霸气，婉约缠绵，行云流水落笔端。

词美人，墨香古卷间，千年一叹。

注释　　　　　　　　　　　　　　　　◆◆◆

　　1 宋词：是继唐诗之后的又一种文学载体，是诗歌的一种，基本分为婉约派和豪放派两大类。是合乐的歌词，故又称曲子词、乐府、乐章、长短句、诗余、琴趣等。始于唐，定型于五代，盛于宋。宋词是中国古代文学皇冠上光辉夺目的明珠，标志宋代文学的最高成就。

满庭芳·梅

残烟空寂，怅望天寥，村陌犬吠相闻。

雪卧檐头[1]，倚窗小梅嫩。

夜阑风急凋月，催红萼、羞作不忍。

斜枝瘦，彻骨寒襟，不输粉妆韵。

梅朵。情窦开，疏影旖旎，浅笑娇嗔。

一抹春，含愁似君销魂。

孤芳风情占尽，虞美人，梦里知音。

暖风来，暗香袅袅，弯月正西沉。

注释 ————————

　　1 檐头：屋檐的外挑部分，一般指自檐柱中心线至飞椽外端，对外墙起保护作用。

满庭芳·兰

生于深山，隐于幽谷，岁寒不凋芳魂。

凝露浮碧，细叶衔玉音。

品悟修行妙谛，恐休歇、斜倚晨昏。

秋风晚，繁华时促，唯兰四季馨。

淡雅。若溪水，极目夕照，瑶台[1]远吟。

花朵儿，矜持羞涩步匀。

自古视兰高洁，王者香，清苦坚贞。

堪此际，空谷绝唱，兰花指绕琴。

注释 ——————————————— ◆◆◆

1 瑶台：神话传说中神仙所居之地。

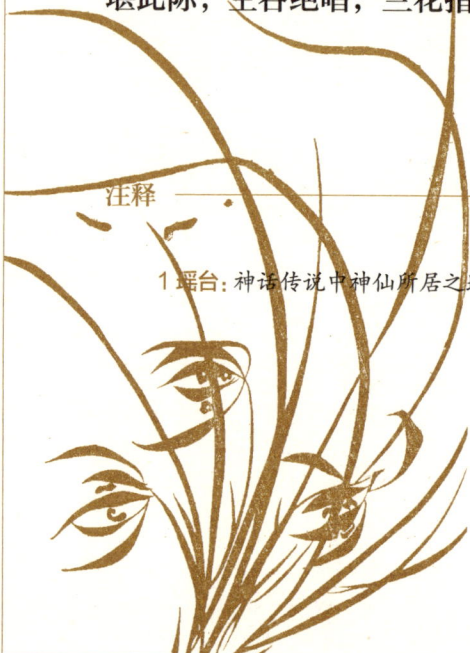

满庭芳·竹

竹中窥月，暮色弥窗，倦鸟松轩[1]归梁。

轻花嫩笋，烟雨洗幽篁。

绿荫深卧帷廊，相思惹、只道寻常。

宽罗裳，宣纸铺张，醒墨为竹狂。

静雅。满庭竹，身负节操，浓翠西厢。

竹作邻，任他风去八方。

惊动密叶叠翠，万竿耸、影瘦无妨。

斜阳疏，碧玉直韧，高节谁可量？

注释

1 松轩：植有松树的居所。

满庭芳·菊

西风满园，香阵透天，黄菊次第舒颜。

正趁霜晴，高洁示尘寰[1]。

重阳咏菊休负，南山月、东篱斜弯。

玉杯浅，把酒弄诗，难得几分闲。

傲然。红妆淡，恰逢青眼，任尔高端。

晓风残，秋露清白阶前。

芳蕊本色出演，花不凋，渐入薄寒。

萧瑟事，阑干未倚，风起瘦香肩。

注释

1 尘寰：人世间。

满庭芳·莲

霁雨[1]初歇，露珠微颤，一痕梦里寻莲。

风抚翠幕，荷塘碧池环。

池上青苔缱绻，点点红、嫣然夏莲。

残阳倦，乌篷轻泛，花底事素捻。

静观。并蒂莲，蝶落尖尖，翅触姣谈。

好似那，少女浅笑羞颜。

荷叶深处一弯，半生缘，心字轻喧。

千般绪，终抵不过，红袖恋青衫。

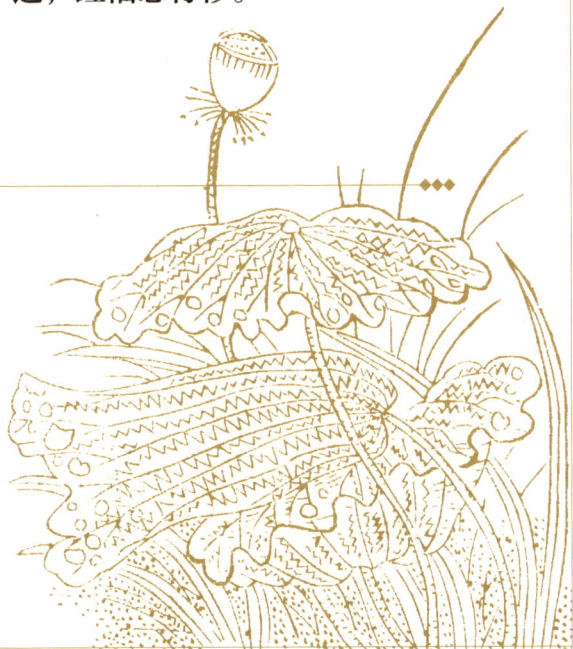

注释

1 霁雨：雨止。

念奴娇·纤夫

脸庞绛紫，青筋怒，佝偻身躯袒露。

客船商渡，逆流上、悬崖峭壁险阻。

弯道千千，滩涂万万，一号众夫呼。

巫山绝壁，黛青峡缝光束。

战战兢兢爬行，闯过鬼门关，锁眉缓舒。

一旦搁浅，阎王殿、增丁添口鬼谱。

腊月寒冬，风裹冰雪舞，号声[1] 依如。

纤绳悠悠，挣出传奇无数。

注释 ————————————— ◆◆◆

1 号声：指船夫号子。

念奴娇·船夫

发白须苍，胸肌壮，豪竿撑过长江。

斜阳残照，歌不断、只道慰劳犒赏。

船夫号子，振聋发聩，还是少年郎。

浑浊双眸，映满葱绿波光。

草鞋紧绷脚掌，坎间缕缕凉，血脉怒张。

背景恢宏，巫山[1]靠、暴风骤雨何妨？

浪里淘金，换得百花香，阖家暖堂。

铮铮铁骨，世代搏击闯荡。

注释 ━━━━━━━━━━━━━━ ◆◆◆

1 **巫山**：作为中国地理名词，历史上曾出现在中国许多地方。现在主要指贯穿湖北、重庆、湖南交界一带。"东北—西南"走向的连绵群峰。主峰为重庆奉节县境内乌云顶，海拔2400米，是中国地势一二级的分界线，北与大巴山相连，南面深入武陵山地，东为长江中下游平原，西为四川盆地。

念奴娇·船歌

翠黛[1]含烟，春江暖，碧波深处横船。

凤鸾琴瑟，和鸣韵、缀点乌篷绣帘。

白鹭悠闲，船头翩跹，惊鸿似当年。

船尾踏歌，几度浪里云帆。

乡音乡愁悠悠，老调新词唱，承载梦远。

和音缱绻，红湿处、七彩云锦如幻。

流水梳弦，船歌复千曲，忘却华年。

小桥弯弯，惯听离合悲欢。

注释

1 翠黛：古时女子用螺黛画眉，故称美人之眉为翠黛。是眉的别称。借指山峰。

念奴娇 · 船娘

烟波浩渺，美穹庐，醒目鬓花[1]一束。

耳坠缨苏，银铃嗓、唱醉翠岭仙谷。

柔眉薰风，碎花兜肚，江南娇楚楚。

残阳薄雾，藏匿红豆千珠。

道不尽相思苦，曾借力东风，互递信符。

半嗔半怒，那个他、当真柳瘦还途？

雁字莫负，红袖添锦书、离愁尽诉。

痴语燕奴，坐看等老西湖。

注释

1 鬓花：插戴于鬓髻的绢花。

念奴娇·村姑

紫陌滩涂，浣[1]沙溪，清流映花千树。

柳眉杏目，东风抚、纤指信拈香疏。

燕儿低飞，蝶儿追逐，兰儿桃花渡。

三五结伴，欲羞情郎细数。

惊醒谁怀春梦？轻叹红豆冷，三叠芳芙。

红裳绿裤，荷包绣 、美煞二姨四姑。

湖畔嬉戏，芦苇天边铺，鸥鹭飞弧。

耳脉绕情，东隅唢呐盘鼓。

注释 ◆◆◆

1 浣：洗。

念奴娇·花姑

馨香飞天，花满屋，炫彩锦团拥簇。

杨柳缠腰，红酥手、墨染丝垂如瀑。

晓镜轻梳，蛾眉[1]细涂，钗头晶莹珠。

粉唇点补，胭脂似有还无。

最是那一低头，罗巾儿偷抚，清眸左顾。

隔窗一瞟，东风软、碧桃枝头蝶舞。

太湖右岸，君郎诉相慕，婉嫕生楚。

芳盟如初，私藏芙蓉叠书。

注释 ◆◆◆

1 **蛾眉**：形容女子容貌之美。比喻美女的眉毛像蚕蛾那样又
细又弯。

念奴娇·绣姑

嫣嫣脸儿，胭脂涂，粉面柔眉娇蹙[1]。

软软东风，恰临窗、桃花弄痴柳渡。

晓镜轻梳，相思正苦，叹作韶华负。

秋波如酥，试问谁醉玉壶？

盈盈小字锦书，满是离愁绪，绣架还呼。

七彩丝线，银针儿、扎疼密密疏疏。

鸳鸯罗枕，最是一梦独、玉蟾冷孤。

飞针走线，活泛三春草木。

注释

1 娇蹙：微微地蹙眉，皱眉。

临江仙·桃花夭夭埋罗帐

桃花夭夭埋罗帐，绣帘缀朵蜂忙。

春到江南紫陌香。梨放一树白，氤氲入画廊。

楼台清风倚梅妆，燕儿呢喃雕梁。

轻提裙裾[1] 拾阶起，含首嗅蕊醉，蝶舞满庭芳。

注释 ————————————————————————————◆◆◆

1 裙裾：裙子，裙幅。

临江仙·穹庐漫卷梅花雪

穹庐漫卷梅花雪，斜倚阑干独白。

滚滚红尘难释怀。宣墨朱砂[1]点，灼灼百媚猜。

凭藉东风第一吻，岂敢怕惹尘埃。

隔苑听花次第开。疏影轩窗透，梅娘款款来。

注释 ◆◆◆

1 朱砂：亦作"硃沙"。矿物名。旧称丹砂，炼汞的主要原料，色鲜红，可作颜料，亦可药供。

诉衷情·黄河之滨银杏黄

黄河之滨银杏黄，梧桐锁秋光。

轻车淡妆红袖，姊妹情意长。

古树园，簪花香，笑声扬。

邙山[1]脚下，兴隆酒肆，客暖八乡。

注释 ————————————————————————◆◆◆

1 邙山：位于河南省洛阳市北，黄河南岸，是秦岭山脉的余脉，崤山支脉。广义的邙山起自洛阳北，沿黄河南岸绵延至郑州市北的广武山，长度100多公里。狭义的邙山仅指洛阳市以北的黄河与其支流洛河的分水岭。

邙山海拔300米左右，为黄土丘陵地。最高峰为翠云峰，上有唐玄元皇帝庙。

小重山 · 九九重阳登高望

九九重阳登高望，欲览众山小，长江长。

遍插茱萸[1]合十掌，默默念，幽谷幽兰香。

万事有蹉跎，祈福善回向，舒柔肠。

参天古松悬崖壁，雄姿傲，菊野黄八方。

注释 ◆◆◆

1 **茱萸**：古人认为重阳节这一天插茱萸可以消灾避难，还能避免瘟疫，所以会直接把茱萸插在发髻上，也会用紫色的布囊包上茱萸的茎、叶或果实，系在手臂上。

小重山·风摇碎影烟波皱

风摇碎影烟波皱，翠袖掩蛾眉，眸波收。

断桥缺处折新柳，鹅黄[1]瘦，相思腮边留。

欲调筝弦音，声声韵凉透，任无由。

一曲相约黄昏后，更无语，径幽偏藏愁。

注释

1 **鹅黄**：中国传统色彩名称，指淡黄色，鹅嘴的颜色，高明度微偏红黄色。此指新柳。

醉花阴·三叶草花开次第

三叶草[1] 花开次第。比邻数月季。

五月暖风吹，粉红簇簇，引来双蝶戏。

闻得太阳追东西，嫣然落日闭。

层叠尽芳菲，媲美斗艳，死而横天祭。

注释

1 三叶草：是多种拥有三出指状复叶的草本植物的通称。主要包括三类，豆科的车轴草属（被认为是最正宗的三叶草）和苜蓿属、酢浆草科的酢浆草属中的某些种类。在西方很多国家（如英国、美国）三叶草代表着幸运，被认为是只有在伊甸园中才有的植物。

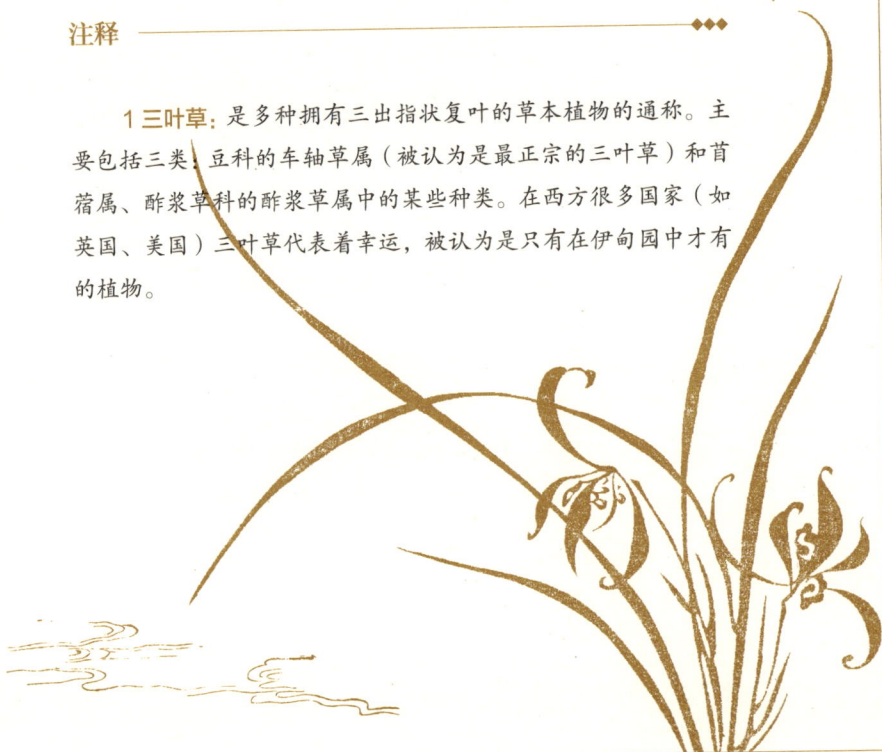

醉花阴·杨树飞花[1]倚风势

杨树飞花倚风势，盛况待晴日。

落地又旋起，逢物粘物，堆雪欲成市。

袅袅娜娜作仙姿，缱绻待第次。

忽如及时雨，飘絮入泥，画屏亦排斥。

注释

1 **杨树飞花**：春夏之交，杨树飞花，粘附人体和居民洗晒的衣被上，还会引来很多刺毛虫。但春城无处不飞花。随着夏日来临，气温增高，这种让人又爱又恨的景象便很快消失，也宣告一个季节的结束。

江城子·楼殇[1]

摩天群楼云衣裳，身姿傲，暗影长。

原著荷塘，百年十里香。

碧逝离愁梦底瘦，芙蓉面，哀断肠。

鱼儿尽欢虾腾挪，黄土厚，折脊梁。

地下千尺，何处话疗殇？

风乱疏窗阳光盗，钢筋架，水泥墙。

注释 ◆◆◆

1 楼殇：读张国领先生《一座楼房的诞生》有感而发。

张国领系河南禹州神垕人，中国武警大校军衔，中国作家协作会员，中国散文学会理事。原《橄榄绿》《中国武警》主编。出版有《张国领文集》11卷等，屡获大奖。

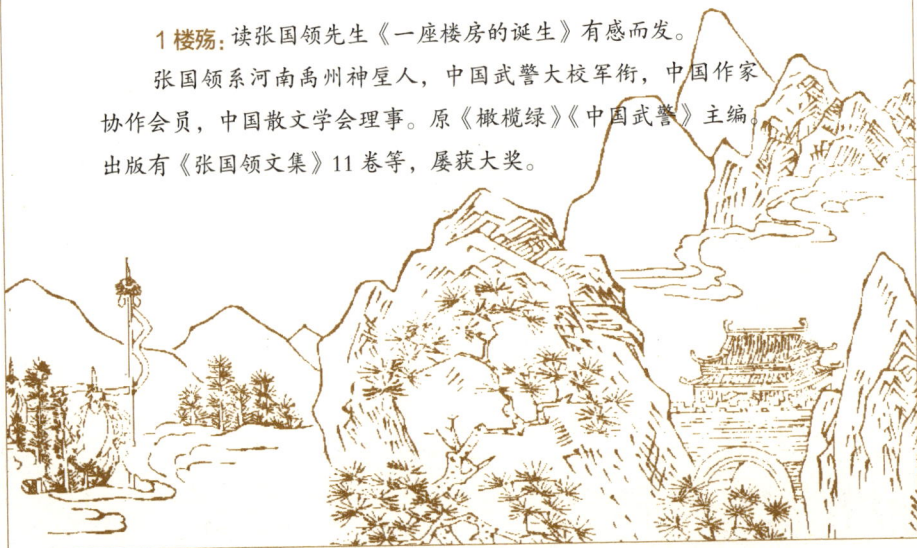

江城子 · 桂花苑[1]

十年桂花十度秋，暗香凝，曲径幽。

阿卡迪亚，总把旧情留。

斜枝疏窗绣帘透，音律动，润歌喉。

独上楼台明月照，熊儿河，柳丝柔。

霓虹倒影，更兼夜风流。

畅通桥上车马通，安居地，花满头。

注释 ◆◆◆

1 **桂花苑**：指河南省郑州市郑东新区阿卡迪亚的 B 区楼苑。

小重山·斜枝侵寒春来晚

斜枝侵寒春来晚，厚雪埋风流，初晴岚。

一任芬芳铺满天。朵朵红，嫩蕊萼欲端。

未曾粉黛施，却得凝脂艳，暗香颠。

锦瑟[1] 三千绝崖舞，看寒梅，自清傲空前。

注释 ◆◆◆

1 **锦瑟**：汉语词汇。指漆有织锦纹的瑟。瑟是中国传统拨弦乐器。形状似琴，有25根弦，弦的粗细不同。每根弦有一柱。按五声音阶定弦。最早的弦有50弦，故又称"五十弦"。

卜算子·立春[1]

风来江河软，琼枝滴玉露。

举目穹碧九万里，犹扯横天幕。

暖烟袅袅升，恰似春幡度。

梅妆佳人临镜早，清愁断章处。

注释 ◆◆◆

1立春：是农历二十四节气中的第一个节气。明清官方历书中被归入正月节气；到达时间点在公历每年2月3日至5日（农历正月初一前后），太阳达到黄经315度时。立春是汉族民间重要的传统节日之一。"立"是开始的意思。自秦代以来，中国就一直以立春作为春季的开始。立春是从天文上来划分的，春是温暖，鸟语花香；春是生长，耕耘播种。从立春交节当日，一直到立夏前这段时间，都被称为春天。

卜算子·雨水[1]

半堤柳鹅黄，花鲜当红杏。

斜雨细细薄似纱，翠帘倚春重。

寸心无离愁，情为卿所动。

风吹残雪殆尽寒，上元节灯庆。

注释

1 雨水：是农历二十四节气中的第二个节气。位于每年正月十五前后，太阳位于黄经330度。此时，气温回升、冰雪融化、降水增多，故取名为雨水。雨水节气时段一般从公历2月18日或19日开始，到3月4日或5日结束。雨水和谷雨、小雪、大雪一样，都是反映降水现象的节气。

春雨贵如油。这时适宜的降水对农作物的生长特别重要。

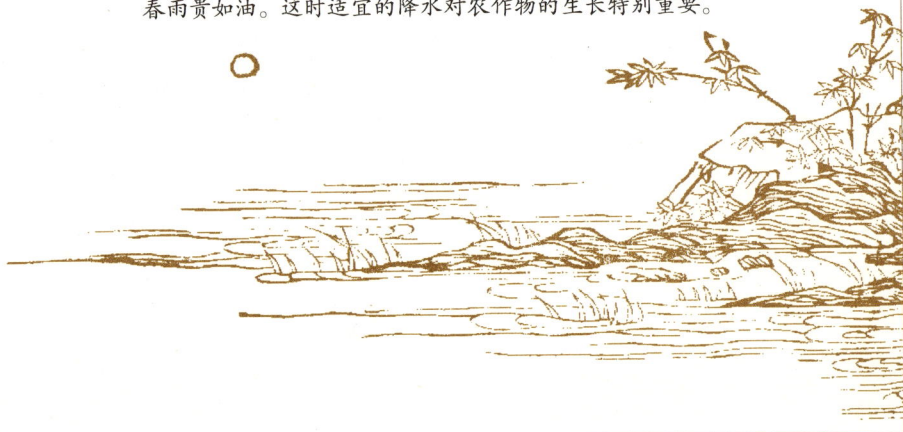

卜算子·惊蛰[1]

百卉微雨催，鲤鱼龙门跳。

惊动众生蛰伏醒，鸟集芦林闹。

陌上风送暖，扶柳花枝俏。

一声霹雳天地呼，龙蛇舞春貌。

注释

1 惊蛰： 古称"启蛰"。是农历二十四节气中的第三个节气。更是干支历卯月的起始。时间点在公历 3 月 5 日至 6 日之间，太阳到达黄经 345 度时。

这时天气转暖，渐有春雷，动物入冬藏伏土中，不饮不食，称为"蛰"，而"惊蛰"即上天以打雷惊醒蛰居动物的日子。这时中国大部分地区进入春耕的季节。

卜算子·春分[1]

春色正中分，雨脚惊卉木。

桃柳浓妆晴伴云，蝴蝶花间驻。

流光骤然远，浅黛峰岭处。

风过绿野絮如雪，乱红溪边覆。

注释

1 春分：是春季九十天的中分点。是农历二十四节气中的第四个节气。每年农历二月十五前后（公历大约为 3 月 20 日至 21 日之间），太阳位于黄经 0 度（春分点）时。春分这一天太阳直射地球赤道，南北半球季节相反，北半球是春分，在南半球就是秋分。古代帝王有春天祭日，秋天祭月的礼制。

在民间，踏青正式开始。放风筝、簪花喝酒、挖野菜，都是这个时节适合的项目。

卜算子·清明[1]

长堤依岸青，江阔黛山暮。

陌上杏花泪沾衣，春深锁薄雾。

黄鹂两三声，风筝骑上树。

衣袂素纱倾城影，焚蝶断魂处。

注释

1 清明： 又叫踏青节，在仲春与暮春之间，也就是冬至后的第104天，是中国传统节日之一，是农历二十四节气中的第五个节气，也是最重要的祭祀节日之一，是祭祖和扫墓的日子。

中国汉族传统的清明节大约始于周代，距今已有2500多年的历史。虽然各地习俗不尽相同，但扫墓祭祖、踏青郊游是基本主题。

清明节原是指春分后十五天，1935年中华民国政府明定4月5日为国定假日清明节，也叫做民族扫墓节。2006年5月20日，经国务院批准，将清明节列入第一批国家级非物质文化遗产名录。

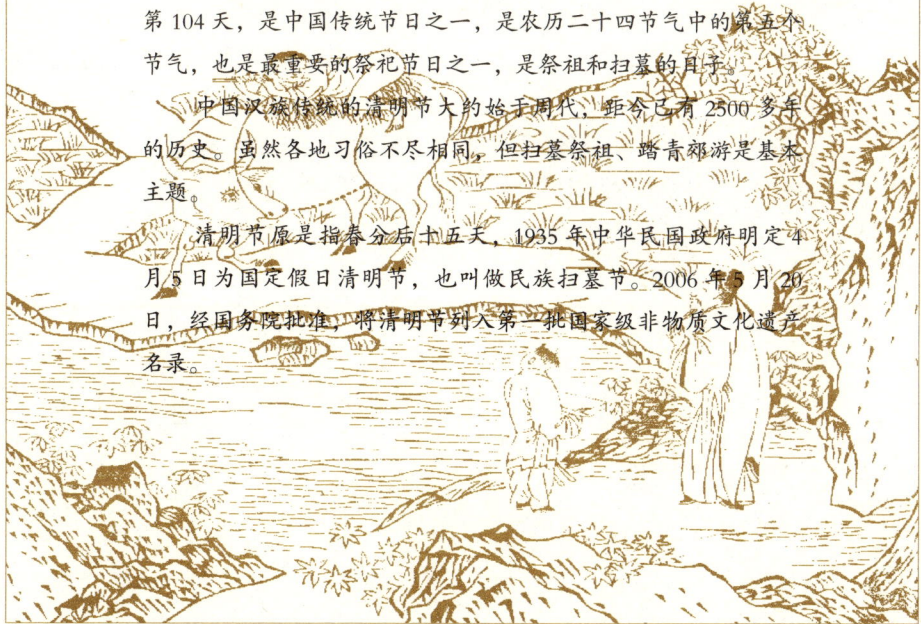

卜算子·谷雨¹

春水弯若眉，阡陌忙耕种。

晨时雨断霜无痕，晚来清晖映。

鹧鸪山前鸣，紫燕穿里弄。

云厚天低百谷生，茶园帘帏重。

注释 ◆◆◆

　　1谷雨：是农历二十四节气中的第六个节气，也是春季最后一个节气，每年4月19日至21日太阳到达黄经30度时为谷雨，源自古人"雨生百谷"之说。同时也是播种移苗、埯瓜点豆的最佳时节。

　　"清明断雪，谷雨断霜。"谷雨节气的到来，意味着寒潮天气基本结束，气温回升加快，大大有利于谷类农作物的生长。

卜算子·立夏[1]

碧塘鱼儿欢，嫩绿新荷露。

枝上青梅涩又小，红缀樱桃树。

牡丹零落收，芍药花开复。

人说情深皆伴痴，风剪相思处。

注释　◆◆◆

1 立夏：是农历二十四节气中的第七个节气，夏季的第一个节气，表示孟夏时节的正式开始，太阳到达黄经 45 度时，在每年的 5 月 5 日或 6 日进入立夏时节。

在天文学上，立夏表示即将告别春天，是夏天的开始。人们习惯上都把立夏当作是温度明显升高、炎暑将临、农作物将进入一个旺盛生长的节气。

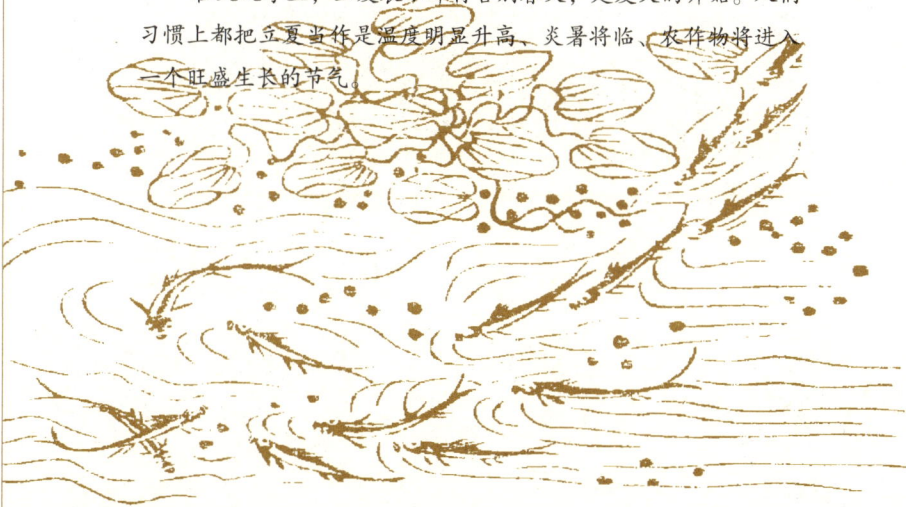

卜算子·小满[1]

清愁上柳眉，苦菜润燥肺。

石榴盈枝花千朵，扶柳叠晴翠。

雀鸟弄瘦影，风舞不成队。

小麦青青大麦黄，蚕宝正浓睡。

注释 ◆◆◆

1 小满：是农历二十四节气中的第八个节气。其含意是夏熟作物的籽粒开始灌浆饱满，但还未成熟，只是小满，还未大满。每年5月20日到22日之间视太阳到达黄经60度时为小满。

卜算子·芒种[1]

小麦覆垄黄，开镰暑气旺。

村野四邻晴方好，新饼香街巷。

再育二茬秧，隔溪双簧唱。

架上藤发幽香夜，销魂倚罗帐。

注释 ◆◆◆

1 芒种：是农历二十四节气中的第九个节气，更是干支历午月的开始。时间点在公历每年 6 月 6 日前后，太阳到达黄经 75 度时。芒种字面的意思是"有芒的麦子快收，有芒的稻子可种"。

中国古代将芒种分为三候："一候螳螂生；二候鹏始鸣；三候反舌无声。"此时，中国长江中下游地区进入多雨的黄梅季节。

卜算子·夏至[1]

泊舟江水平，荷气月来送。

依河枕波温煮酒，竹筒蒸香粽。

夜阑稻花雨，微风萍不动。

久坐闺阁纸窗低，宵漏湿气重。

注释　　　　　　　　　　　　　　　　　　◆◆◆

　　1 **夏至**：是农历二十四节气中的第十个节气，在每年公历 6 月 21 日或 22 日。夏至这天，太阳直射地面的位置到达一年的最北端，几乎直射北回归线。此时，北半球的白昼达最长，且越往北越长。

　　我国民间把夏至后的十五天分为三"时"，一般头时三天，中时五天，末时七天。这期间，我国大部分地区气温较高，日照充足，作物生长很快，生理和生态需水均较多。此时的降水对农业产量影响很大，有"夏至雨点值千金"之说。

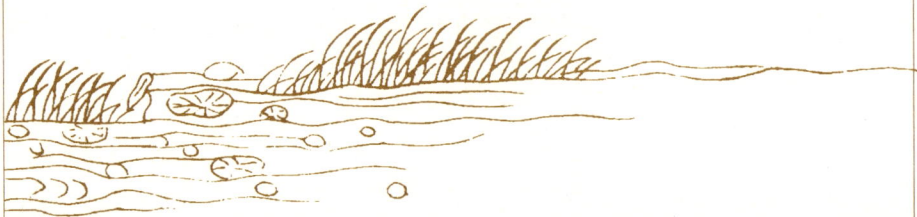

卜算子·小暑[1]

东山梅雨收，风催早豆煮。

幽寻乘凉倚云侧，林深虫鸣处。

弄妆画蛾眉，薄汗香雪度。

琴声恨作知音少，怀旧依如故。

注释 ━━━━━━━━━━━━━━━━━━━━━━◆◆◆

　　1 小暑：是农历二十四节气中的第十一个节气，也是干支历午月的结束以及未月的起始；公历每年7月7日或8日视太阳到达黄经105度时为小暑。暑，表示炎热的意思，小暑为小热，还不十分热。意指天气开始炎热，还没达到最热，中国大部分地区基本符合，农作物进入苗壮成长阶段，需加强田间管理。

卜算子·大暑[1]

大暑少清风，绿垂残叶泣。

足底蒸腾九万里，梦凉宽天地。

忽若秋气生，冷泉归云际。

碧塘红莲降三伏，多情犹人意。

注释 ◆◆◆

1 大暑：是农历二十四节气中的第十二个节气，北半球在每年 7 月 22 日至 24 日之间，太阳位于黄经 120 度时。大暑期间，汉族民间有饮茶、晒伏姜、烧伏香等习俗。大暑节气正值"三伏"天里的"中伏"前后，是一年中最热的时候。

农事活动以抢收抢种、抗旱排涝为主。

卜算子·立秋 [1]

云欠一笛风，湖山秋烟碧。

岸上人家伴蛩鸣，几架果落蒂。

东篱菊蕊黄，葵花育颗粒。

知了声声枝头闹，死守相思地。

注释

  1 **立秋：**是农历二十四节气中的第十三个节气，更是干支历未月的结束，以及申月的起始。时间在农历每年七月初一前后（公历 8 月 7 日至 9 日之间）。"秋"就是指暑去凉来，意味着秋天的开始。到了立秋，梧桐开始落叶，因此有落叶知秋的成语。立秋是秋季的第一个节气。

  宋时立秋这天宫内要把栽在盆里的梧桐移入殿内，等到"立秋"时辰一到，太史官便高声奏道"秋来了！"奏毕，梧桐应声落下一两片叶子，以寓报秋之意。

卜算子·处暑[1]

夜阑薄风起，一湖秋水皱。

兼葭苍苍初识凉，晚蝉咽声瘦。

镰动阡陌早，荷灯黄昏后。

处暑三日碧空远，气爽天通透。

注释

　　1 处暑，是农历二十四节气中的第十四个节气，交节时间点在公历 8 月 23 日前后，太阳达到黄经 150 度时。处暑的到来，同时意味着进入干支历申月的下半月。此后，中国长江以北地区气温逐渐下降。此时，太阳正运行到了狮子座的轩辕十四星近旁，夜晚观北斗七星，弯弯的斗柄还是指向"申"（西南方向）。处暑的"处"是指"终止"，其意义是"夏天的暑热正式终止"。俗语所说的争秋夺暑，是指立秋和处暑之间的时间，虽然秋季已经来临，但夏天的暑气仍然未减。

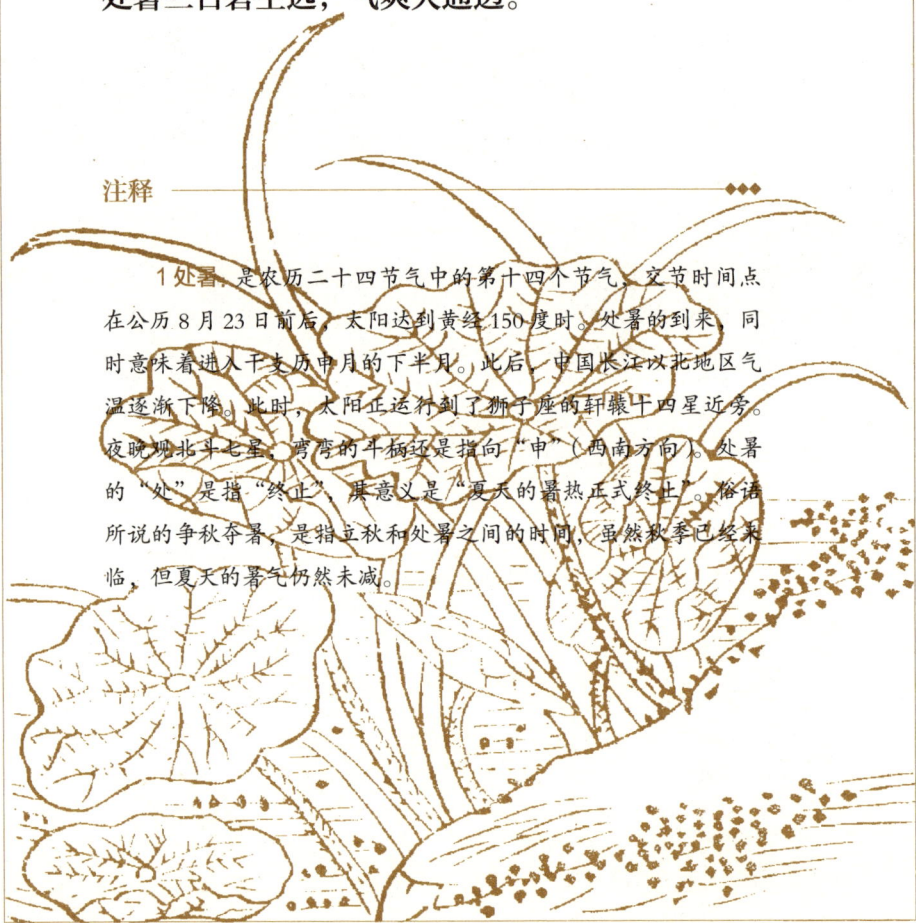

卜算子·白露[1]

素光疏窗影，朝霜为白露。

颗颗红枣斜枝满，喜鹊栖老树。

秋风啸荷塘，枯蝉衰柳住。

雁阵悲声宵梦长，香肩叹孤助。

注释 ◆◆◆

1 **白露**：是农历二十四节气中的第十五个节气，更是干支历申月的结束以及酉月的起始。时间点在公历年 9 月 7 日到 9 日，太阳到达黄经 165 度时。天气渐转凉，会在清晨时发现地面和叶子上有许多露珠，这是因为夜晚水汽凝结在上面，所以得名。古人有四时配五行，秋属金，金色白，故以白形容秋露。白露实际上是表征天气已经转凉。

卜算子·秋分[1]

丹桂香满园，露冷秋分半。

残梦千枝浓愁重，玉漏敲暮旦。

江火夜独明，红袖霓裳乱。

望断天涯晓风寒，兰舟松素练。

注释

1 **秋分**：是农历二十四节气中的第十六个节气。时间一般为每年的 9 月 22 日或 23 日。南方的气候由这一节气起才始入秋。太阳这一天到达黄经 180 度，直射地球赤道，因此这一天二十四小时昼夜均分，各十二小时。全球无极昼极夜现象。秋分之后，北极附近极夜范围逐渐大，南极附近极昼范围渐大。

分，就是半，这是秋季九十天的中分点。

卜算子·寒露[1]

空山晚景疏，凭阑横云倦。

斜阳难暖田间绿，蛩鸣声声怨。

举目风月冷，望断南飞雁。

几度寒露出情澜，暮烟不念散。

注释

1 **寒露**：是农历二十四节气中的第十七个节气，更是干支历酉月的结束以及戌月的起始。时间点在公历每年10月8日到9日，太阳到达黄经195度时。寒露的意思是气温比白露时更低，地面的露水更冷，快要凝结成霜了。寒露时节，南岭及以北的广大地区均已进入秋季。东北和西北地区已进入或将进入冬季，千里霜铺，万里雪飘，与华南秋色迥然不同。

卜算子·霜降[1]

岑寂芦荻洲，薄田香晚稻。

柳影萧疏白裹寒，地冻鹤足跷。

楼台飘瑞雪，村陌初识妙。

茫茫半山深浅红，犹如花枝俏。

注释 ◆◆◆

1 霜降：是农历二十四节气中的第十八个节气，每年公历10月23日左右，太阳到达黄经210度时，霜降有天气渐冷、初霜出现的意思，是秋季的最后一个节气，也意味着冬天的开始。霜降时节，养生保健尤为重要，民间有谚语"一年补透透，不如补霜降"。

卜算子·立冬[1]

冰轮半山明，宵寒素笔赋。

纷纷红叶西风扫，唯有菊不负。

帘垂深闺冷，清词填旧故。

一世繁华转头空，离愁香雪度。

注释 ◆◆◆

　　1 立冬：是农历二十四节气中的第十九个节气，也是汉族传统节日之一，作为干支历戌月的结束以及亥月的起始。时间节点在公历每年 11 月 7 日至 8 日之间，即太阳位于黄经 225 度时。立冬过后，日照时间将继续缩短，正午太阳高度继续降低。立冬期间，汉族民间以冬至为冬季开始，需进补以度严冬的食俗。立，建始也，表示冬季自此开始。

卜算子·小雪¹

孤舟宿港湾，风欺疏帘倦。

千里江山耀寒光，雪花随风乱。

煮酒惜流年，倜傥青衫恋。

窗前明月总盈缺，莫把韶华叹。

注释

1小雪：是农历二十四节气中的第二十个节气，每年公历 11 月 20 日到 23 日，太阳到达黄经 240 度时，此时称为小雪节气。小雪节气，夜晚北斗七星的斗柄指向北偏西（相当于钟上面的 10 点钟）。每晚 8 点之后，你若到户外观星，可见北斗星西沉。

进入小雪气节，中国广大地区西北风开始成为常客，气温下降，逐步降到零度以下。但大地尚未过于寒冷，虽开始降雪，但雪量不大，故称小雪。此时，阴气下降，阳气上升，而致天地不通，阴阳不交，万物失去生机，天地闭塞而转入严冬。

卜算子·大雪[1]

鹅毛连蝶飞，忽闻犬惊吠。

朔风吼作影婆娑，萧萧黄昏累。

隆冬雾凝凇，卷帘凌花缀。

最是斜枝雪落梅，冰蕊嚼红泪。

注释 ◆◆◆

1 **大雪**：是农历二十四节气中的第二十一个节气，时间是公历 12 月 7 日到 8 日，也是干支历亥月的结束以及子月的起始，太阳到达黄经 255 度时。大雪的意思是天气更冷，降雪的可能性比小雪时更大了，并不指降雪的量一定很大。相反，大雪后各地降水量均进一步减少。

"小雪腌菜，大雪腌肉。"大雪气节一到，家家户户忙着腌制"咸货"。

卜算子·冬至[1]

河闭不行船，村陌炊烟暖。

雪覆三尺夜方阑，最是时光短。

吃过冬至饭，一天长一线。

阳生日催灯伴影，更抱离愁怨。

注释 ◆◆◆

　　1 冬至：又称"冬节"、"贺冬"，是农历二十四节气中的第二十二个节气，八大天象类节气之一，与夏至相对。冬至在太阳到达黄经270度时开始，每年公历12月22日左右。据传，冬至在历史上的周代是新年元旦，曾经是个很热闹的日子。

　　冬至这天，太阳直射地面的位置达一年的最南端，几乎直射南回归线。这一天北半球得到的阳光最少，比南半球少了50%。北半球的白昼达到最短，且越往北白昼越短。

　　在中国北方有冬至吃饺子的风俗，而南方则是吃汤圆。

卜算子·小寒[1]

栾冠色尽衰，梧桐叶相纵。

村陌炊烟袅袅起，游子乡愁重。

再忆那年事，看梅与君共。

绣帘暮卷小寒初，腮妆眉鬓正。

注释 ◆◆◆

1 小寒：是农历二十四节气中的第二十三个节气，是干支历子月的结束以及丑月开始，时间在公历 1 月 5 日至 7 日之间，太阳位于黄经 285 度时。对于中国而言，这时正值"三九"前后，小寒标志着开始进入一年中最寒冷的日子。

卜算子·大寒[1]

岁底遇大寒，北风利若剑。

溪水断流冻河锁，覆雪三尺半。

天地虽萧瑟，物极必将返。

待到梅花烂漫时，雪融琼枝颤。

注释 ━━━━━━━━━━━━━━━━━━━━━━ ◆◆◆

1 **大寒**：是农历二十四节气中的最后一个节气。每年公历 1
月 20 日前后，太阳到达黄经 30 度时，即为大寒。这时寒潮南下
频繁，是中国部分地区一年中最冷时期，风大，低温，地面积雪
不化，呈现出冰天雪地。

水调歌头·开封

汴梁韵味厚，清明上河图[1]。

历经七朝千古，大梁门守护。

华夏王朝北宋，

富丽天下无敌，堪世界名都。

杨家出骁将，一览忠臣谱。

包公祠，相国寺，潘杨湖。

汴河两岸，龙亭御街帝王途。

年代凄美莫问，

也曾省会首府，新城姿楚楚。

风袭梧叶落，霜菊芳自孤。

注释 ————————————— ◆◆◆

1 清明上河图：中国十大传世名画之一。为北宋风俗画，北宋画家张择端仅见的存世精品，属国家级文物，现藏于北京故宫博物院。

水调歌头·洛阳

天上紫微宫，人间帝王都。

邙山洛水横渡，气运贯穹庐。

再跨黄河两岸，

雄霸九朝王土，揽天地通途。

鲤鱼跳龙门，双星神[1]佑护。

文峰塔，白马寺，定鼎路。

龙门石窟，堪佛教艺术宝库。

沿九街十八弯，

牡丹丽艳天下，水席宴千古。

国花芳菲尽，隆冬待梅馥。

注释

1 双星神：文昌与魁星。民间供奉祭拜的文神，主宰考试。

念奴娇·乌镇

阳春三月，下江南，繁花盈枝滴露。

擦肩邂逅，乍回眸、曾是梦里阿姑。

青梅偷栽，竹马还愿，小巷深深处。

酒肆客疏，《子夜》[1]浊酒半壶。

檐头风铃悦耳，低作柔肠诉，黛眉娇楚。

乌镇邮筒，斑驳露、岁月邮戳悉数。

天淡云微，鸥鸣黄鹂啼，瘦笔浓涂。

风雨千年，一江春水东渡。

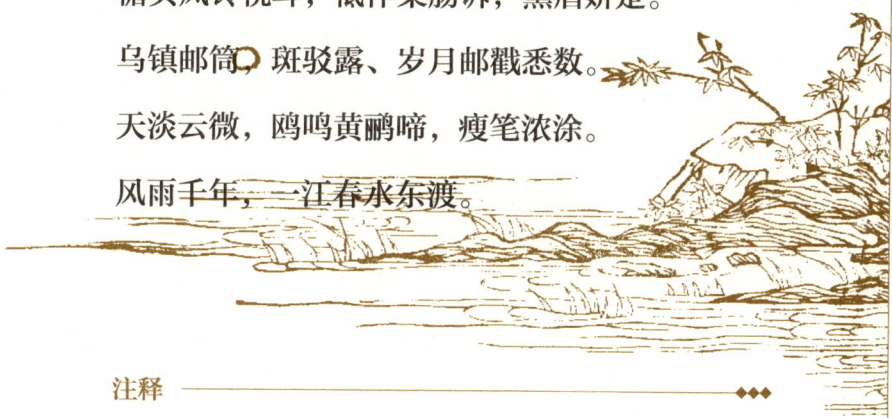

注释

1《子夜》：原名《夕阳》，中国现代长篇小说，约30万字。茅盾于1931年10月开始创作，至1932年12月5日完稿，全书共十九章。半个多世纪以来，《子夜》不仅在中国拥有广泛的读者，且被译成英、德、俄、日等十几种文字，产生了广泛的国际影响。

茅盾在乌镇的故居，位于乌镇市观前街17号，是他出生和生活的地方，也是早期创作地。

念奴娇·周庄

薄雾丽烟，古陌巷，江南第一水乡。

双桥[1]画廊，如梦幻、青石板路狭长。

檐头朱铃，风吻作响，富安桥吉祥。

软语叫卖，万三蹄喷喷香。

六旬船姑摇橹，唱昆曲西厢，高朋满堂。

灯笼悬挂，夜阑珊、叠叠涟漪细浪。

兰舟悠荡，更有雕花床，芳眉敛藏。

碧玉周庄，千年婉约娇娘。

注释

1 **双桥**：指位于周庄中心位置的世德和永安两桥，建于明代，两桥相连，样子很像古代的钥匙，又称钥匙桥。因出现于旅美画家陈逸飞的油画《故乡的回忆》中而闻名。

定风波·三道堰¹

曲径逶迤卵石多，千年古镇穿两河。

看似无奇近惠里，长廊，斜阳残照曳婀娜。

青瓦白墙楼吊脚，堰桥，裙裾生姿任凭说。

川西水乡伴花语，白鹭，大牌坊处会莺歌。

注释 ━━━━━━━━━━━━━━━━━━ ◆◆◆

1 **三道堰：** 指三道堰镇，位于四川省成都市郫都区北部，距成都市主城区 22 公里，郫都城区七公里。因用竹篓截水做成三道相距很近的堰头导水灌田而得名，是一座具有一千多年历史的川西古老小镇，历史上是有名的水陆码头和商贸之地。

满江红·大漠点兵

大漠点兵，朱日和 [1]，沙场布阵。

三军齐，铁马金戈，武威雷震。

鹰击长空烈风迅，泱泱华夏铁流滚。

顽敌颤，堪屈从礼宾，定乾坤。

国重器，大亮相；强军梦，非一瞬。

重甲戎，不让国土一寸。

东方雄狮利剑擎，大国步履铸成盾。

待来日，鞘出必寇灭，鸿国运。

注释

1 **朱日和**：北京军区朱日和合同战术训练基地，位于内蒙古自治区锡林郭勒盟苏尼特右旗朱日和镇。基地占地1066平方公里，主要担负的任务是组织师、旅、团级部队完成合同战术演练，协同装甲兵和其他兵种进行技术、战术训练，可开展军师规模的实兵演习，并为陆军装备的各种武器进行实弹、实爆作业和航空兵实施对地面部队攻击演练提供保障。

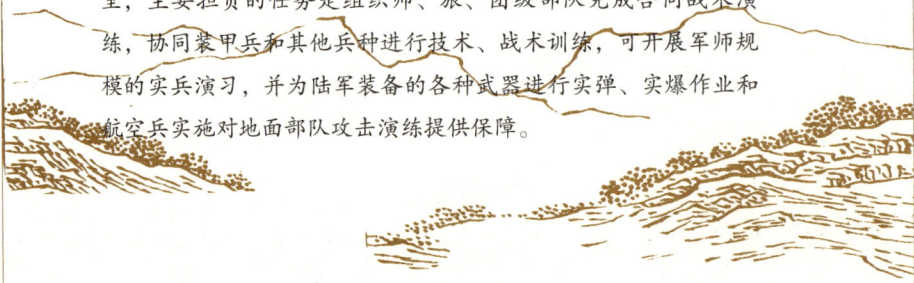

念奴娇·活着

秋风秋雨，染秋霜，薄情世界微凉。

叶落花残，两相望、试问何处疗伤？

鸿雁鸣悲，幽谷低飞，声声哀断肠。

任风吹梦，不过玩笑一场。

即使国色天香，一霎流光纵，轻烟湖上。

披蓑摇橹，莫疏狂、能有几日踉跄[1]？

只为活着，低头任吹浪，故作坚强。

一生执着，活来自己模样。

注释 ————————————————————— ◆◆◆

1 踉跄：走路不稳。

念奴娇·花甲[1]

霁雨初晴，彩虹透，船泊江湖码头。

卸任戏数，千丝白、甩落清风两袖。

人离官府，梦醒纸囚，弹指六旬秋。

身躯渐老，却是青山依旧。

曾经浪遏飞舟，道不尽离愁，多舛全收。

繁华落尽，星月冷、残阳还看风流。

泥炉膛灶，重酿岁月酒，弥香醇厚。

微笑向晚，总能款款不苟。

注释 ━━━━━━━━━━━━━━━━ ◆◆◆

　　1 花甲：指六十岁。旧时用天干和地支相互配合作为纪年，六十年为一花甲，亦称一个甲子。

念奴娇·夕阳

船泊野渡，鸥鹭顾，夕阳红透穹庐。

廊桥栈道，清风软、峰峦叠翠满目。

左手易安，右手东坡¹，从容步幽谷。

醉里凝眸，看祥云横天幕。

心花照样放怒，扯一嗓岁月，潇洒自如。

青丝已去，人未老、明白难得糊涂。

离愁尽数，莫纠结评述、优雅迟暮。

人生匆匆，最绚一段旅途。

注释

○

1 东坡：苏轼（1037—1101），字子瞻，又字和仲，号东坡居士，世称苏东坡、苏仙；汉族，北宋眉州眉山（今属四川省眉州市）人，祖籍河北栾城，北宋著名文学家、书法家、画家。他是宋代文学最高成就的代表。

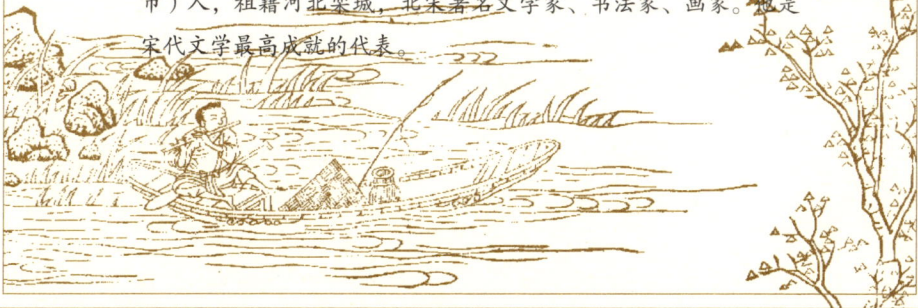

沁园春·优雅到老

人生百年，笑里回眸，风景独好。

觅路径达观，红袖曼妙；初心如昨，月上柳梢。

秋裹寒凉，何惧萧萧，尘世无一值困扰。

育儿女，别指望回报，云淡天高。

梳理明媚心情，诗词歌赋还看今朝。

修为修自在，莫怕空巢[1]；适度消耗，伸腿下腰。

花甲添香，妆容恰恰，亦可隆重着旗袍。

奈何我，堪举止得体，优雅到老。

注释

1. 空巢：汉语词汇。基本意思为孩子长大离家后，父母独自在家的空虚、寂寞的状态。字义上，空巢就是空寂的巢穴。

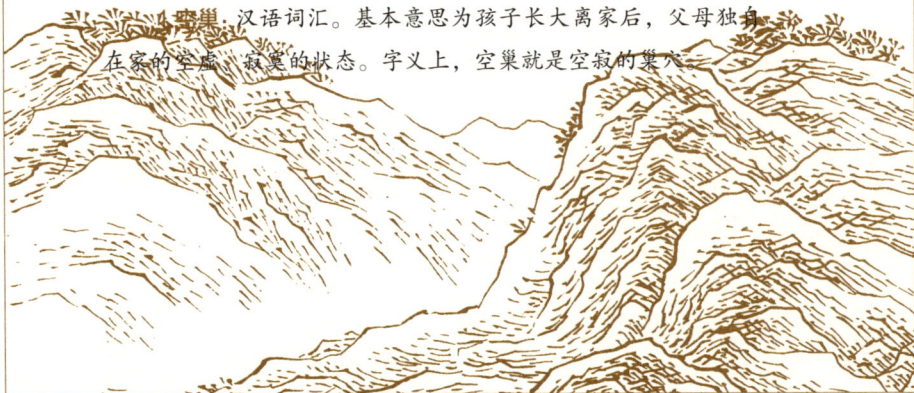

念奴娇·母亲 [1]

桂馥满楼，黄昏后，忽念祖上名流。

那时年少，胭脂雪、丁氏大家闺秀。

金钗凤鬓，青丝明眸，书香绕绣楼。

世事无常，残风吹冷罗袖。

举家离乡谋生，几度烟波皱，弹指白头。

早年辞职，育子嗣、堪作毕生成就。

蓦然回首，母亲是岁月，耄耋锦绣。

四世同堂，晨昏相伴左右。

注释 ◆◆◆

1 丁酉年初冬，作者受买宝华、买宝成、买宝庆、买宝平四姐弟之托，为其八十六岁的母亲丁桂兰寿辰而作。

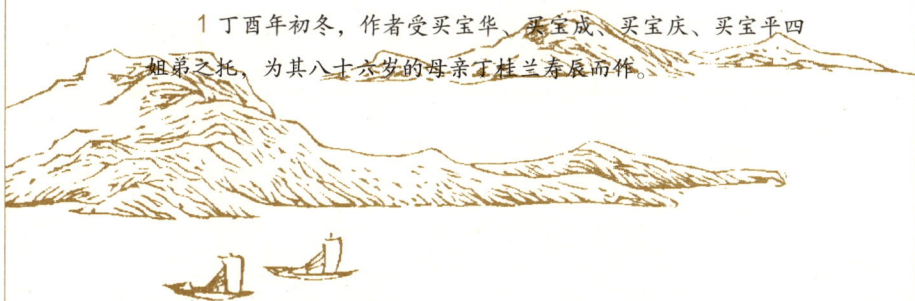

念奴娇·母爱[1]

日出东方，晓风暖，母亲拂动摇篮。

褓褓绵柔，乳汁酣、襟怀笑声串串。

春花烂漫，萧瑟枫丹，巧手供餐餐。

普天之下，母爱旷世空前。

儿女早已成年，仍把母亲缠，寸寸依恋。

时光飞逝，岁月寒、母亲背影已倦。

儿泪垂帘，感恩一腔血，苍天明鉴。

母爱似海，三生难抵彼岸。

注释 ————————————————————◆◆◆

1 丁酉年初冬，作者受买宝华、买宝成、买宝庆、买宝平四
姐弟之托，为其八十六岁的母亲丁桂兰寿辰而作。

沁园春·大漠胡杨 [1]

茫茫戈壁，落日孤烟，古道苍凉。

塔里木胡杨，倚风就势；摇曳花影，簇簇金黄。

伴沙起舞，摩娑低语，最是缤纷着霓裳。

伤累累，虽断臂折腰，一腔硬朗。

把袁崇焕唤醒，踏花归来马蹄盈香。

阻沙漠屏障，遇强则强；

一息尚存，绝不退让。

千年不死，千年不倒，落地也要盖无双。

回眸处，林涛如雷鸣，大漠胡杨。

注释

1 胡杨，是落叶中型天然乔木，直径可达 1.5 米，木质纤细柔软，树叶阔大清香。耐旱耐涝，生命顽强，是自然界稀有树种之一。

沁园春·那拉提[1]

伊犁河谷，山花遍野，雪峰相伴。

哈萨克民族，奇风异俗；好客淳朴，歌舞尽欢。

河道交错，水草丰沛，羊群雪白纳蔚蓝。

鹰盘旋，乌啼笛声远，牧场流连。

呼吸草香空气，顿觉心胸旷达阔览。

春夏人气旺，泉眼淙淙；流水潺潺，屋顶白毡。

隐隐含黛，叠翠山峦，松涛嘶吼碧云天。

那拉提，堪绿茵锦卷，高山草原。

注释 ◆◆◆

1 **那拉堤**:指草原。又名巩乃斯草原，突厥语意为"白阳坡"，在新疆新源那拉提镇东部，距伊犁新源县城约 70 公里，位于那拉提山北坡，是发育在第三纪古洪积层上的中山地草原。

越涛词 二

念奴娇·秋韵

秋高气爽，弯月残，雁阵列列晴川。

斜阳几度，映穹碧[1]、霞彩万山红遍。

茂密林间，擎天水杉，长尾猴忽现。

秀竹幽径，红装踏峦峰远。

莫道霜染华年，瑟瑟西风冷，硕果连连。

黛脉深处，冒紫烟、千里余晖作叹。

诗性正浓，一叶轻舟还、蛩鸣唱晚。

又见炊烟，近野黄花点点。

注释 ◆◆◆

1穹碧：汉语词汇。意思犹穹苍。

浪淘沙·飞雪银蛇舞

飞雪银蛇舞，仙姿媚狐。

忽如一夜朔风呼。

数九梅红半壁图，嫩蕊相扶。

玉屑满穹庐[1]，见得苍茫。

洁身自嗔染尘污。

赊个瑶台浣轻骨，寸肠断无？

注释 ———————————————◆◆◆

1 穹庐：指天空。古代游牧民族居住的毡帐，也就是蒙古包，
用毡子做成，中央隆起，四周下垂，形状似天，因而称为穹庐。

忆秦娥·大年夜 [1]

大年夜，烟花笑作金孔雀。

金孔雀，舞透华寒，银蝶玉屑。

炮仗雪仗闹成海，只为欢歌奏激烈。

奏激烈，青衫醉眸，烹酒饕餮。

注释 ━━━━━━━━━━━━━━━━━━━━━ ◆◆◆

1 **大年夜**：除夕夜，又称除夜、岁除，是农历一年最后一天的晚上，即春节前一天晚上。农历十二月为大月，有三十天，所以又称为大年三十、年三十等。

西江月·蜡梅[1]

雪花如席漫卷，疏枝孕育艳妆。

凛冽北风连蝶舞，蜡梅轻骨俏样。

淘气孟妞[2]低嗅，雪人侧目凑场。

忽闻甜脆笑声扬，点点明黄绽放。

注释

1 **蜡梅**：别名黄梅、黄梅花。落叶灌木，高3米左右，单叶对生，叶片椭圆状卵形，表面粗糙；两性花，每年12月到3月开花，花梗极短，被黄色，带蜡质，具芳香。蜡梅产于我国中部，耐寒耐旱，性喜阳光。此物非梅类，因其与梅同时开放，香又相近，色似蜜蜡，故得此名。

2 **孟妞**：学名孟佳琳，作者的外甥女。一个未满12岁，便在钢琴、绘画方面崭露头角，且笃定作家梦的漂亮女孩。

阮郎归·省亲[1]

老屋腊梅沁幽香，窗花剪作霜。

逝岁华发绾离殇，双膝跪高堂。

俏新娘，眉梢扬。云鬟簪金黄。

洋红斗篷御寒凉，笑靥透春光。

注释 ————————————————◆◆◆

1 省亲：探望父母或其他尊亲。

天净沙·元夕[1]

灯花绣帘青衫，

楼台寒星旱船。

谜语高悬宝典。

随喜相见，

透亮红袖春幡。

注释 ◆◆◆

1 元夕：上元、元夕指的都是元宵节。其时间为农历正月十五，是汉族传统节日。农历正月为元月，然而古人称夜晚为宵，而正月十五又是一年中第一个月圆之夜，所以称正月十五为元宵节。又称为上元节。在一元复始，大地回春的节日夜晚，天上明月高悬，地上彩灯万盏，人们观灯、猜灯谜、吃元宵，阖家团圆，其乐融融。

西江月·草原

天山白云漫度，牧笛弄吹绝伦。

骏马踏花四蹄香，牛羊八方成群。

苜蓿[1] 碧翠锦毯，长调悠扬黄昏。

君郎把酒逞英豪，雄鹰舞透祥云。

注释 ——————————— ◆◆◆

　　1 苜蓿：俗称"三叶草"。是一种多年生开花植物。其中最著名的是作为牧草的紫花苜蓿，是牲畜饲料。

苏幕遮·秋日荷

秋日荷，红销际。檀粉香汗，暮雨萧风遇。

茎瘦叶枯莲蓬举，芙蕖[1]谢幕，沉作护花意。

俱往矣，诉私语。盛衰次第，见惯红尘寂。

质本洁来还洁去。荷塘月色，玉盘冷露洗。

注释

1 芙蕖：即荷花。

醉花阴·萧寒露重黄花瘦

萧寒露重黄花瘦。满城月明昼。

今宵又西风，东篱玉阶，菊绽冷光透。

极目星河天际流。细数烟波皱。

不屑争绝色，幽馥¹自凝，点墨韵红袖。

注释 ————————————————————————————— ◆◆◆

　　1 幽馥：幽微馥郁，形容香气浓浓的样子。一般可用来形容花香和女孩子的香体。

醉花阴·花盈斜枝残风嗅

花盈斜枝残风嗅，琴瑟叹词瘦。

堪折取冷柔，梅开正好，暗香盈红袖。

情怨蚀骨风吹帽，浮云¹笑自守。

任芳蕊吐尽，落寞成秋，不过烟波皱。

注释 ◆◆◆

1 浮云：汉语词汇。浮云一词更多出现在网络，表意飘浮之物，"飘过"不带走任何东西。更形容一个人对拥有环境的看待已经很淡化了。

古语"浮云"一词最早出现于孔子的"不义而富且贵，于我如浮云"。杜甫在七言律诗《丹青引赠曹将军霸》一诗中的"丹青不知老将至，富贵于我如浮云"一句，就已经出现了与现代网络释义近乎相同的用法，即把浮云一词用作"无实际意义的事物"这一意思。

南歌子·萧瑟凉初透

萧瑟凉初透，吹落月无痕。

万类霜天降余温。一轴香墨秋风、卷黄昏。

素色唤人醒，更辰词章新。

黄叶离树不离根。蹁跹[1]一地疏影、碾作尘。

注释

1 蹁跹：汉语词汇。形容旋转舞蹈。

临江仙·滚滚红尘痴亦真

滚滚红尘痴亦真，离愁攒乱古今。

梦断柳梢恐云深。怨作花底瘦，薄凉锁朱门。

二十五载轩窗绿，重忆凋零孤魂。

眉弯[1]不散又逢春。独倚斜枝冷，何处共知音？

注释

　　1 眉弯：汉语词汇。指弯弯的眉毛。清龚自珍《太常引》词"似他身世，似他心性，无恨到眉弯。"纳兰容若的"西风多少恨，吹不散眉弯。"都提到眉弯，因为忧愁让眉头紧锁，所以这里的眉弯代指忧愁的意思，即使西风有再多的哀怨也吹不去心中的忧愁。

汉宫春·千般念

繁花松轩，恰逢东风软，氤氲江南。

欲拟一阕[1]新词，舒缓眉弯。

离愁未解，不由得，吟叹悲欢。

千般念，两情依依，却见轻舟影单。

穹碧天底水长，柳渡挥别处，浩渺云烟。

痴眸触礁望断，青衫未还。

心事成潮，香襟湿，好梦难圆。

怎奈何，一帘春色，空卷半帘薄寒。

注释

1 阕：这里当量词用。歌曲或词，一首为一阕。一首词的一段称一阕，前一段称"上阕"，后一段称"下阕"。

玄月如钩幽梦凉，
只道寻常，
一握烟云相纵。

卷三

月如钩

苏幕遮·黄昏雨

黄昏雨，潇潇下。暮色四合，风动一帘纱。

几宵堂前闹喧哗，今夜悄声，瘦笔缓缓画。

素心[1]简，支绣架。胭脂淡抹，翠袖掩罗帕。

千里烟波指尖冷，尘嚣归隐，寻个东风嫁。

注释 ◆◆◆

1 素心：比心若兰，心气高洁。素心，是中国兰花品种的一
类。常见的素心春兰，其色纯正无杂色，自古被视为兰中珍品。

小重山 · 弦月[1]如钩幽梦凉

弦月如钩幽梦凉，青灯挑寂卷，焚檀香。

墨迹未落暗思量，聚与散，只道是寻常。

莫怨星河远，好风诉柔肠，两相当。

入戏三分又何妨？悄悄话，说予凤求凰。

注释 ◆◆◆

　　1 弦月：指上弦月或下弦月。月相有新月、上弦月、满月、
峨眉月、凸月、下弦月等。

南歌子·浓词情尽诉

浓词情尽诉，更霜一梦幽。

庭前金桂影画楼。孤灯隔窗半透、熬残油。

君郎江山远，南国正清秋。

白鹭沙鸥芦荻洲[1]。吹凉青衫冷袖、任风流。

注释 ◆◆◆

1 芦荻洲：就是芦苇类植物，近水生的植物生长的聚集地，
自然形成为生长芦荻的小洲。并未列入正式的地图序列。

点绛唇 · 顶戴¹ 梳空

顶戴梳空，极目天远舒眉黛。

一把岁月，终却获自在。

纸囚释怀，莫再论成败。

待重来。一痕谢幕，赊个转身态。

卷三 月如钩

注释 ◆◆◆

1**顶戴**：清朝时用于区分官员品级的帽饰。特为自己从领导岗位上卸任而作。

江城子·满目秋光素笔冷

满目秋光素笔冷，萧萧图，斜枝疏。

流水小桥，婉约过东吴[1]。

儿时渡口今犹在，思忆深，童真无。

朱门斑驳萧蔷老，静静听，鱼儿呼。

少小离家，倏忽斜阳暮。

人在红尘又西风，月牙残，照人孤。

注释 ◆◆◆

1 东吴：即三国时代（229—280 年）的吴国，亦称孙吴。中国汉末三国时期东南部政权。东吴也是苏州的别称之一。

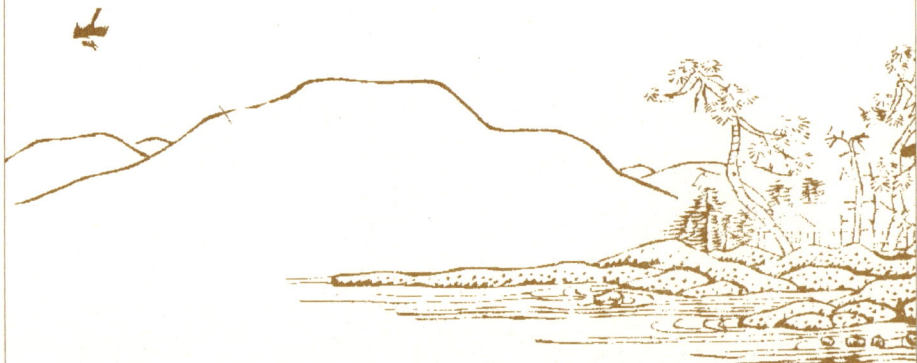

醉花阴·烟花夜放辞岁旧

烟花夜放辞岁旧，芳心凉初透。

风寒泊孤舟，绣楼独倚，欲把泪流够。

卧听邻家团圆酒，残梦五更漏。

莫道相思苦，强颜弄妆，断桥[1]雪花瘦。

注释 ◆◆◆

1 **断桥**：指西湖断桥。位于杭州北里湖和外西湖的分水点上。一端跨着北山路，另一端接过白堤。据说，早在唐朝断桥就已经建成。宋代称保佑桥，元代称段字桥。因《白蛇传》的爱情故事中，白娘子与许仙断桥相会，为断桥景物增添了浪漫色彩。

诉衷情·残阳如血暮影收

残阳如血暮影收，携一片风流。

烟云相疏即过，追月上西楼。

尘嚣[1]寂，朱颜冷，噎悲秋。

顾念当初，世事无常，谁解情由？

注释 ◆◆◆

1 尘嚣：指人世间的纷扰、喧嚣。语出晋陶潜《桃花源》诗："借问游方士，焉测尘嚣外。"

南乡子·心事锁楚楚

心事锁楚楚，淡看飞花赴穷途。

尘寰[1]岁月素尺短，暮鼓。半弯残月冷满屋。

凝痴情一壶，痛饮离愁谁相扶？

相思成灾无应呼，迟步。莫惊离群落雁孤。

注释

1 **尘寰**：汉语词汇。人世间。语出唐权德舆《送李城门罢官归嵩阳》诗："归去尘寰外，春山桂树丛。"

醉花阴·陌上斜雨织暮旦

陌上斜雨织暮旦。莺啼声声倦。

野渡孤舟横，卷帘乌篷[1]，丁香结愁怨。

长发及腰芙蓉面。时光金不换。

莫道柳锁寒，闲月倚楼，晓风疏影乱。

注释 ◆◆◆

1 乌篷：即指乌篷船，江南水上交通工具。

江城子·一夜朔风[1]雪纷纷

一夜朔风雪纷纷，寒气袭，欲断魂。

君在何处？总怕谁人询。

二十五载苦情缠，灯花瘦，无归人。

独倚兰舟轻似醉，挥离索，金钗分。

痴情东流，暗自叩心门。

今无梦许西风度，莫欺世，孑然身。

注释 ◆◆◆

1 朔风：北风。

南歌子·邀月上西楼

桂花香盈袖，邀月上西楼。

碗碟杯盏一帘梦，十载红尘素 [1] 洗、好个秋。

看淡飞花雨，赴约觅清幽。

回眸浮生掬捧笑，风影凝醉成笺、却俗流。

注释 ◆◆◆

1 素：本义指没有染色的丝绸。引申为本色、白色、本质、质朴等义。

诉衷情·绿残花瘦秋风呼

绿残花瘦秋风呼，霜降落草庐。

冷月苍照谁家？半壁萧萧图。

沧桑度，清词[1]赋，命乖殊。

枕上三更，长亭恨远，幽梦荒芜。

注释

1 清词: 通常将明末与清代词统称为清词。词从南宋之后开始进入衰微期。词作为一种文学体裁，一直无法与诗和曲相提并论。进入清朝之后，填词之风一直蔓延，出现了广陵词派、西泠词派。到康熙年间，出现王士禛、陈维崧、朱彝尊、顾贞观、纳兰性德等重要词人，清词进入鼎盛时期。此后的一百多年，尚未出现重要词人。

诉衷情·一览群峰绕仙雾

一览群峰绕仙雾，霜冷箫声呼。

雁叫西风无痕，墨林未曾污。

衣袂飘，若瑶台，黛眉舒。

美人迟暮[1]，一梦红尘，醒来却无。

注释

1 迟暮：汉语词汇。指黄昏；比喻晚年暮年。

诉衷情·月上柳梢数流年¹

月上柳梢数流年，谁弄金钗鬟？

寂寞泪水如瀑，模糊依眸帘。

耳语暖，岁月寒，梦难圆。

幻影从前，生死相依，花满晴天。

1 流年：形容时间一去不复返，指如水般流逝的光阴、年华。

小重山·金桂披霜香雾冷

金桂披霜香雾冷，风摇落一地，黄盈盈。

溪水浮花寒蛩[1]鸣，君郎影，树倚旧梦惊。

笑声穿东院，青山步月明，再相拥。

眉下缠绵几温恭，灵犀通，不了旷世情。

注释

1 寒蛩：深秋蟋蟀。

沁园春·风影

冷月如钩，枕上更寒，云侧泪垂。

几声风低语，横笛自吹；如烟往事，扑影盘堆。

千金双凤，失而难觅，孤灯苍照朱颜悴。

断肠苦，乱绪添徒劳，深浅画眉。

今朝再问风向，但听青鸟[1]追逐翠微。

凭栏琼枝斜，疏落雪梅；逆风贯耳，眯眸盼归。

华发秋霜，一生寻孤，怎奈何逝水花飞。

待九尽，紫陌袭裙袂，蝶舞蜂回。

注释

1 **青鸟**：是一种常见的小型鸟类，类似麻雀大小的青蓝色小鸟。神话传说中为西王母取食传信的神鸟。

苏幕遮·清秋月

清秋月，陌上亮。独步荷塘，寒蛩声声唱。

情到离时方知深，思念盘根，丝丝膏肓上[1]。

晓镜妆，朱砂烫。轻点芙蓉，穷目君郎样。

出入双双成幻影，西风残吹，闻得心碎响。

注释 ━━━━━━━━━━━━━━◆◆◆

1 膏肓：古人把心尖脂肪叫作"膏"，心脏与隔膜之间叫"肓"。
形容病情十分严重，无法医治。比喻事情到了无法挽救的地步。

南歌子·花开弹落弦

红颜色易衰，花开弹落弦。

几度浮沉指尖冷，一时多少英杰、非等闲。

日月如穿梭，百年一瞬间。

看千古风流人物，跋涉蹉跎¹无数、惜华年。

注释 ◆◆◆

1 蹉跎：汉语词汇。指虚度光阴，任由时光流逝却毫无作为。
形容人做事毫无斗志，浪费时间。

南歌子·昨夜西风过

昨夜西风过，今朝叶见黄。

秋水凄凉湖底瘦，只有四野稻花、好个香。

流年伴陌上 [1]，光阴剪横塘。

徐徐乡愁锦书托，江湖险途茫茫、点秋霜。

注释 ◆◆◆

1 陌上：东西走向的小路即为"陌"，"陌上"则同于"在东西走向的路上"。简言止，就是在路上。

越涛词 二

一五二

阮郎归·盼郎归

瑞雪琼妆饰东堂。西风侵轩窗。

红烛摇曳[1] 瘦影长。珠泪香襟凉。

腊梅俏，俏孤芳。琵琶指尖狂。

残更玉漏敲归航。浅梦入仙乡。

注释

1 摇曳：汉语词汇。晃荡，飘荡。形容东西在风中轻轻地摆动的样子，也指悠悠自得的逍遥样子。

浪淘沙·春红烟笼纱

春红烟笼纱，陌上轻寒。

半阕瘦词忆君颜。

薄风摇碎湖中月，弱柳含烟。

披衣临窗坐，一味相思，

枉叹红尘满辛酸。

何不赊九天[1]瑶台，抛却忧烦。

注释   ◆◆◆

1 九天：古代传说天有九重，九天是天的最高层。"九天"是数量词，九天中的"九"字，只是因为它是数字单数中最大的数字，所以有"极限"之意。"九天"是指天有极多重，亦指天之极高处。

沁园春 · 秋殇

万里秋光，极目穹碧，黛林尽苍。

近野红枫赤，丹桂幽怀；柿盈斜枝，稻陌纳香。

山峦雾锁，庭院隐隐，一方静谧[1]马头墙。

吟词章，秋千摇晴朗，翠袖罗裳。

酥手搭凉远眺，雁啸声声八方回荡。

可有锦书来？落叶卷荒；梧桐细雨，朱颜湿妆。

霜侵寒窗，寂寥无量，断肠人思君成殇。

蛩鸣残，独语三更倦，恨作夜长。

注释

1 静谧：汉语词汇。寂静；平静；形容静寂无声或忧愁的模样，亦是诗歌中升华心境的一种静的境界。

雨霖铃·骤雨初歇

骤雨初歇，漫步荷塘，薄风微凉。

吹却浮躁张狂，静谧处，独嗅花香。

恍惚成双过往，断肠人泪漾[1]。

倩魂销尽徒游荡，怎堪那天各一方。

朝朝暮暮盼归航，举目极，念起眼窝殇。

今生注定单往？罢罢罢，只道寻常。

蛙鸣凄切，声声断断诉尽柔肠。

任思绪泄洪喷张，谁与论短长？

注释

1 漾：水动荡。水面上起波纹；有细浪起伏等。

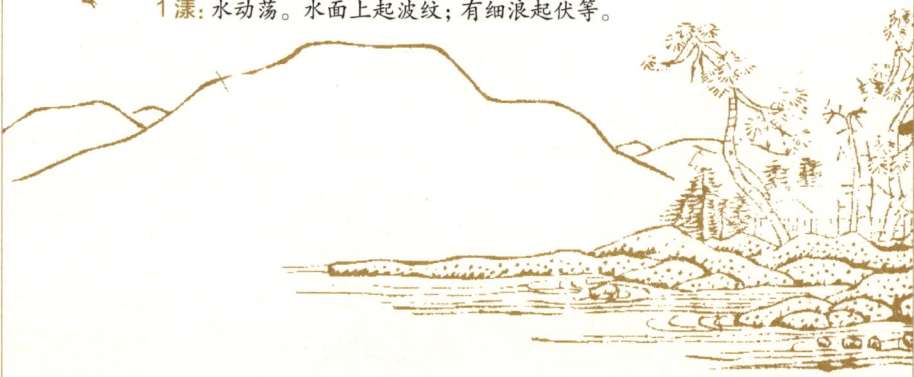

浪淘沙·凭栏烟柳岸

凭栏烟柳岸，浣影孤山。

老树疏枝泣杜鹃。

横塘深处轻舟过，勘透悲欢。

雁字挂天边，蛩鸣凄切，

频惹清愁[1]落眉弯。

惟愿明月照两地，千里婵娟。

注释 ————————————————◆◆◆

    1 清愁：凄凉的愁闷情绪。语出宋代陆游《枕上作》诗："犹有少年风味在，吴笺著名写清愁。"

临江仙·千年古卷遇新客

千年古卷遇新客，初识平仄韵辙。

诗学高度流沙河[1]。立意若在先，长情必鲜活。

瘦笔浓墨香几缕，眉弯清风畅和。

且任由他人评说。莫理蓬间雀，听来烦恼多。

注释 ◆◆◆

1 流沙河：原名余勋坦，四川金堂人，当代著名诗人，1931年11月11日生在成都。自幼习古文，做文言文。先后出版《流沙河随笔》《流沙河诗集》《庄子现代版》等著作22部。诗歌《理想》一文被收入中学语文课本。读他的《理想》一诗，会使人顿然彻悟，涵养天机，如沐阳光，如饮琼浆。他一生坎坷，命运多舛。读他的诗催人泪下，茅塞顿开，令人升华明朗！他对新诗歌的发展有很大贡献，与艾青齐名。现致力于古诗研究和讲座。

南歌子·小楼又东风

小楼又东风，紫陌[1]香古城。

案头芳笺正花盛，如许百年一诺、托此生。

远山隐青黛，暮色烟云横。

莫道今宵香肩瘦，红尘万丈偎侬、任雨风。

注释 ◆◆◆

1 **紫陌**：大路的意思。"陌"本是指田间小路，这里借指道路。"紫"是道路两旁草木的颜色。

浪淘沙·琼箫[1]惊凭栏

琼箫惊凭栏，玉音绕肩。

探窗小梅珠珠圆。

三丈冰封裹凌寒，初露笑颜。

斜枝秋波送，情动眉弯，

梦里好风送良缘。

岁月含香花有意，次第开年。

注释　　　　　　　　　　　　　　◆◆◆

　　1 琼箫：汉语词汇。是指玉箫。而玉箫是指玉制的箫或箫的美称，是管乐器名。

鹊桥仙·小桥流水

小桥流水，携手花香，恨与西风邂逅[1]。

漫步林间听蛩鸣，来却斜月照晚秋。

伊人远去，落叶舞寒，风摇半堤残柳。

更深露重叹离愁，私藏芳芙清词瘦。

注释 ————————————————◆◆◆

1 邂逅：汉语词汇。指不期而遇或者偶然相遇，也可以表示欢快的神态。

鹊桥仙·一树萧瑟

一树萧瑟，半壁苍茫，薄风吹皱罗帐[1]。

独自凭栏空山远，无悲无喜放眼量。

荷塘枯黄，青鸟鸣涧，雁阵撕扯霜降。

花开花落寻常事，萧索过后扶柳唱。

注释

1 **罗帐**：床四周的帷幔，用来遮挡蚊虫、微风和视线。

临江仙 · 寒月冷雕万里秋

寒月冷雕万里秋，频频残照西楼。

雁声啸¹彻过兰舟。百花惠山丘，枫丹潇潇头。

次第菊黄年向晚，一腔离愁哽喉。

梅占东风第一嗅。艳骨如清词，莫再缠瘦柳。

注释 ◆◆◆

1 啸：动词，一种歌吟方式。本义为撮口作声，打口哨，吹声也。

青玉案·悲秋

碧水长天凭栏眺，惊鸟飞、金蝉闹。

谁解春时踪迹杳？一曲忧伤，半盏薄凉，独饮陈年窖。

云卷云舒任飘渺，孤舟乌篷红菱角[1]。

横塘残荷秋欲语，凋零清骨，风剪素弦，最是相思调。

注释 ◆◆◆

1 菱角：又称乌菱、风菱、水栗、菱实等，一年生水生草本植物的果实。中国南方，尤其以长江中下游太湖地区和珠江三角洲栽培最多。菱肉含淀粉、蛋白蛋、脂肪，幼嫩时可当水果食用，老熟果可熟食等。

青玉案·横塘碧水斜阳暮

横塘碧水斜阳暮，花无数、凝冷露。

杜鹃[1] 啼作秋声赋。长风万里，明月临窗，夜阑残香处。

试问尘缘深与浅，蛙鸣田头诉仓促。

芙蕖褪色西风舞，吹落一帘，烟岚浓雾，忘却来时路。

注释

　　1 **杜鹃**：鸟的名称。又叫杜宇、子规、催归、布谷鸟。它总是朝着北方鸣叫，六七月份鸣叫更甚，昼夜不止，发出的声音极其哀切。所以叫杜鹃啼归。多数种类为黑色或褐色，但少数有明显的赤褐色或白色斑，金鹃全身大部分或部分有光辉的翠绿色。杜鹃栖息于植被稠密的地方，胆怯，常闻其声而不见其形。

醉花阴·庭院深深东窗月

庭院深深东窗月。清风吹楼榭[1]。

门前开满花，攀架而上，俏枝腾空跃。

眼波相缠心底事，比肩阑珊夜。

闻千年古卷，宋词无声，惊艳情一阕。

注释 ◆◆◆

1 楼榭：汉语词汇。释义为高台之上的房屋。

醉花阴·千里烟波万里寒

千里烟波万里寒。秋深伊人倦。

楼台水云间[1]，一壶浊酒，孤杯饮离岸。

雁字回时月正圆，相望空余叹。

弦起鹊桥仙，执手泪眼，凭添愁一帘。

注释

1 水云间：云自无心水自闲，云和水本无心相逢，但云影入水，水升化云，二者之间有因果渊源。所谓"水云间"，就是看似本不应该在一起却在一起的相逢，其实是冥冥之中早已注定的轮回。

醉花阴·水映琼花花千树

水映琼花花千树。瘦西湖[1] 环顾。

粉嫩大摆裙，金嗓一亮，惊飞鸟无数。

银铃声声缠卉木。晓风吹薄雾。

忽闻君郎呼，回眸一笑，仙袂花间驻。

注释 ◆◆◆

1 瘦西湖：原名保障湖，位于江苏省扬州市城西北郊，总面积2000亩，水上面积700亩。五亭桥、二十四桥、荷花池、钓鱼台等非常有名。2014年，瘦西湖被列入世界文化遗产名录。

小重山·中秋月圆夜薄凉

中秋月圆夜薄凉，幽径流萤飞，桂花香。

甩纸弄墨菊满墙，金鸡湖[1]，浅醉小厅堂。

碧水新池蟹，几度绕笼腔，闹惊慌。

和谐共处为一梦，善哉也，刀光冷面藏。

注释 ◆◆◆

　　1 **金鸡湖**：位于江苏省苏州市工业园区，总面积11.5平方公里，属于长江水系。当地多以吴侬软语的苏州话为主要交流语言。金鸡湖一说，相传因金鸡落于湖中船上而得名。很久以前，一艘装满稻谷的小船在金鸡湖上行驶。忽然，一只金身金光的硕大金鸡从天而降，跳到稻谷堆上开始啄食。渔夫猜测金鸡腹中饥饿，便好心捧起大把的稻米喂与金鸡。在金鸡飞离小船之时，抛下漫天的种子。瞬间，金鸡湖中长出了一种姑苏人从未见过的植物——芡实。后来，人们为了感谢金鸡送芡实，将金鸡飞临之湖称为金鸡湖。

诉衷情·松轩竹径释杯酒

松轩竹径释杯酒，心野[1]烽烟收。

西楼残月沉塘，冷暖莫言愁。

若回首，绽笑口，任无由。

一生苦短，寒梅暖雪，别样风流。

南歌子·梦底瘦

谁怜梦底瘦？残月挂新凉。

懵懂[1]痴恋任疏狂。风卷西塘芙蕖、泛秋光。

识得同窗月，步韵满庭芳。

道是相思声波长。空留花落旧景、透幽香。

注释 ◆◆◆

1 **懵懂**：汉语词汇。指头脑不清楚或者不能明辨是非。

青玉案·庭院深深花滴露

庭院深深花滴露，湿沾衣、惹情愫[1]。

婉约温润眉鬓府。愁丝三千，幻化泪湖，谁解相思苦？

一帘烟雨江南梦，醒来却是斜阳暮。

欲择一人爱到老，几番幽怨，半帘岁月，嘘叹红尘度。

注释 ◆◆◆

1 情愫：也作情素。愫：真实的情意，诚意。在特定情境下的一种只可意会不可言传的心境，类似于日久生情，暗藏于心的真实朴素的情感。

青玉案·竹影零疏暮钟晚

竹影零疏暮钟晚，窗一扇、风敷衍。

别绪阑珊烟水寒。瘦骨消磨，繁华褪[1]尽，另眼花彼岸。

人生不尽是清欢，痛过泣过随云散。

半卷闲书一壶茶，曲径斜穿，雀鸟搭讪，任红尘梦断。

注释 ————————◆◆◆

1 褪：脱下；脱掉。消减；消失。

青玉案·处秋

红袖焚香翻旧书，重门锁、疏影度。

隔窗山月映西湖。秋蝉[1]鸣唱，蝴蝶安详，约等来年复。

收纳千古藏物语，调尽众彩宣纸诉。

叠翠流金染层林，花谢霓裳，雁过南疆，韵笔秋色赋。

注释 ◆◆◆

1秋蝉: 又叫寒蝉、暮蝉，也就是深秋的蝉（知了），会让人产生愁绪、伤感。

青玉案·满阶梧桐斜画廊

满阶梧桐斜画廊，素叶黄、轩窗误。

疏枝披霜旧时屋，兰舟[1]如昨，锦瑟高阁，曾系芳华驻。

对坐金桂浣蹄痕，携风邀月离愁舞。

琥珀美酒人未负，袅袅前事，眉梢婉柔，一帘多情诉。

注释 ————————————————————— ◆◆◆

1 兰舟：汉语词汇。兰木做的床的雅称，也是船的雅称。

临江仙·十月银杏黄成诗

十月银杏黄成诗，宛若衣袂仙持。

叶落簌簌金蝶翅，一任流光飞，几回风剪姿。

罗裙款款拾坡上，快门举闪延时。

清眸眉弯惊含痴，斯人何人也？倏忽[1]背影迟。

注释 ———————————————— ◆◆◆

1 倏忽：汉语词汇。指很快地，忽然间。出自《战国策·楚策四》"[黄雀]昼游乎茂树，夕调乎酸醎，倏忽之间，坠于公子之手。"

天净沙·暮春 [1]

绿水云涯花溪，

紫陌桃柳莺啼。

罗裙香襟同里。

乱红如泣，

魂断烟雨春泥。

注释　　　　　　　　　　　　　　◆◆◆

1 暮春：汉语词汇。指春季的末尾阶段，即农历三月，此时雨水较多。

点绛唇·清茶玉壶

清茶玉壶，闲愁几缕囚身度。

红尘迢迢，问却谁托付？

倏尔[1] 芳华，戏言闻无数。

叹息乎。花凋碧落，纵是君如故。

注释 ━━━━━━━━━━━━━━━━━◆◆◆

1 **倏尔**：倏，极快地，忽然。尔，语气助词，无实际意义。
倏尔，迅疾的样子，常形容时间短暂。

鹊桥仙·月冷风高

月冷风高，轻绾 [1] 愁怀，忍顾残灯漏暮。

底事诉与谁相知，谁怜红尘柔肠处？

流水小桥，古巷幽深，严霜又凋碧树。

花落成尘闲无度，眉弯不散君不负。

鹊桥仙·酥手萧图

酥手萧图，月残星疏，西风频剪朱户。

尘世喧嚣[1]雪中卧，触目琼枝花千树。

晚香黯捻，断肠相忆，冷画凝露清骨。

休怨芳华沉沦早，一场艳遇梅花度。

注释

1 喧嚣：汉语词汇。声音大而嘈杂、不清静。

临江仙·昨夜东篱落秋霜

昨夜东篱落秋霜，倏忽闪过离殇[1]。

竹尖笔任性疏狂。菊绕枕边月，闲云撩诗行。

白纸素笺几分缘，渡成眉目清朗。

欲寻前世那瓣香。看淡聚散事，任岁月暖凉。

注释 ———————————————————————————◆◆◆

1 **离殇**：指因离逝离别引起的巨大感伤。也用来表示一段感情的离别和逝去。

一剪梅·倾城裙裾倚朱门

倾城裙裾倚朱门，扶风翠微，红肥绿瘦。

青衫发绾黄昏后，稍作定神，纸墨香透。

离愁悄悄浣啼痕，半掩朱砂，嗔怒[1]依旧。

袖底春深一泓掩，佯装眉舒，暗数更漏。

注释 ◆◆◆

1 嗔怒：意思是恼怒或愤怒的样子。

虞美人·烛花待剪纤指巧

烛花待剪纤指巧，红炉添柴少。

满月西沉又东风，江南轻寒吹凉短笛声。

红袖啼痕暗香在，寂寞深似海。

飞身欲隐鸿霄[1]愁，谁问芳华凋零付东流？

注释 ───────────────────────◆◆◆

1 鸿霄：高飞的鸿雁，云霄中的飞鸿。

忆秦娥·花溪覆

花溪覆，万点飞红销魂舞。

销魂舞，暗香襟袖，自安归处。

开帘翠微[1]凋零忽，嫣然仙姿西风度。

西风度，魂倚朱楼，一枕秋赋。

注释 ◆◆◆

1 **翠微**：汉语词汇。青翠的山色，形容山光水色青翠缥缈。也泛指青翠的山。

江城子·临窗远眺满目秋

临窗远眺满目秋，栾树[1]冠，著彩头。

熊儿河畔，冷月钩老柳。

瑟瑟风声如带哨，蛩低泣，诉离愁。

梧桐疏影楼台画，帘外空，残烛守。

心字轻涂，却不问缘由。

痴情氤氲多情夜，红豆肥，黄菊瘦。

注释

1 栾树：别名乌拉、木栾、栾华等。为落叶乔木或灌木，树皮厚，灰褐色至灰黑色。春季发芽较晚，秋季落叶早，因此每年的生长期较短，生长缓慢。秋季树冠长满类花样彩头，非常漂亮。在中国只分布在黄河流域和长江下游流域。

踏破红尘三千丈，
一曲离殇，
唱累桃花咒。

卷四　桃花咒

苏幕遮·相见欢

相见欢，斜枝鹊。红尘弄影，舞透楼心月。

灵犀[1]一触千般好，痴里凝眸，弦音急切切。

情万缕，莫生结。烟柳深深，风剪阑珊夜。

莫道离愁惊恨鸟，今宵一醉，任他桃花劫。

注释

1 **灵犀**：汉语词汇。指犀牛角。古代传说犀牛角有白纹，感应灵敏，所以称犀牛角为"灵犀"。比喻心领神会，感情共鸣。其中，唐·李商隐《无题》诗之一："身无彩凤双飞翼，心有灵犀一点通。"就取自"灵犀"二字。

诉衷情·残月偏西锦书[1]藏

残月偏西锦书藏，夜阑心落荒。

三千情丝抽尽，独自话凄凉。

深一脚，浅一脚，似荒唐。

半世情缘，一帘幽梦，空留离殇。

注释 ━━━━━━━━━━━━━━━ ◆◆◆

1 锦书：古意锦字、锦字书，多用以指妻子给丈夫的表达思念之情的书信，有时也指丈夫写给妻子的表达思念的情书。

卷四 桃花咒

点绛唇·月倚西楼

月倚西楼，东风衔恨朱颜瘦。

柳雪蝶飞，却海棠依旧。

盼个人归，落得相思扣。

残更漏。一曲离殇，唱累桃花咒[1]。

注释 ◆◆◆

1 咒：一字词，单音单义。象形文字，意思是双方代表辩论，众人聆听，当一方被说的哑口无言、心悦诚服时的经典言辞可视为咒，并可将其区分命名。"咒"还可以理解为旧时僧、道、方士等自称可以驱鬼降妖的口诀；某些宗教、巫术中被认为可以帮助法术施行的口诀；神话故事中认为可以起到特殊效果的词语或密语。

鹊桥仙·雪龙飞舞

雪龙飞舞，寒气凛冽，冬阳不干罗袖[1]。

一脚没膝玫瑰雪，酥手难解相思扣。

红烛滴泪，白羽侵窗，疏影连碟唱瘦。

漫天雪鬃呼啸远，嫁个东风黄昏后。

注释 ◆◆◆

1 罗袖：罗是一种轻软有稀孔的丝质品。"罗袖"就是指这种丝绸长袖。

小重山·萧瑟秋风叩窗沉

萧瑟秋风叩窗沉，凭添[1]愁缕缕，拖病身。

只影无亲寥落晨，梧桐雨，滴滴颤心音。

魂牵随万里，归却当初问，念念亲。

头重帘垂千行泪，叹叹也，怪谁痴情人？

注释

1 凭添：自然地增加，平白地增添。

南歌子·情怨[1]何时了

情怨何时了，举头问苍穹。

风敲柳窗轻似梦，惜花深处偎侬、不作声。

世间万千事，谁人不困情？

一卷心经香次第，拂去落叶残红、叠影重。

注释 ━━━━━━━━━━━━━━━━━━━━━━━━◆◆◆

1 情怨：哀怨之情。

江城子·晓风残梦影婆娑

晓风残梦影婆娑，桃花飞，红颜薄。

怕人寻问，片语也嫌多。

心情如是却难和，倚离索[1]，苟且活。

身正莫怕鬼敲背，风吹过，任蹉跎。

叹叹红尘，深宅重门锁。

空将此身付云寄，念去去，人成各。

注释 ◆◆◆

1 **离索**：汉语词汇，是一个古词。释义为独居或形容萧瑟之相；萧索。

画堂春·夜阑风雨破朱门

夜阑风雨破朱门，红袖犹抱孤琴。

雨打梨花千行泪，万点啼痕[1]。

胜时芳境于我，笑看红尘纷纭。

闹花深处相思调，几度香襟？

卷四 桃花咒

注释 ————————————————————◆◆◆

1 啼痕：汉语词汇。意思是泪痕。

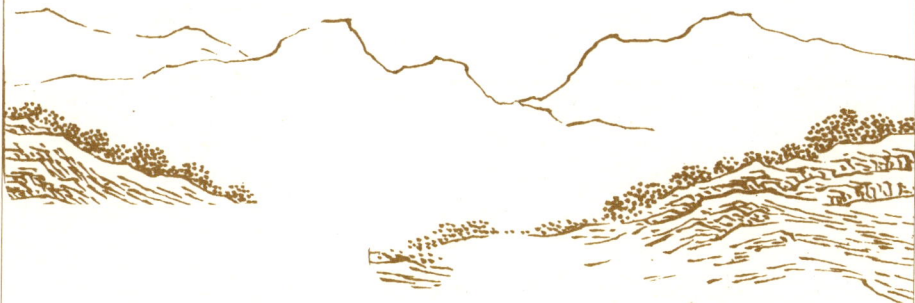

相见欢·萧蔷¹霜舞花瘦

萧蔷霜舞花瘦，小径幽。

断肠人痴心谁解风流？

妆台旧，痛清眸，梦成秋。

无言更有离愁涌心头。

注释 ◆◆◆

1 萧蔷：当门而立的小墙。

江城子·半堤青黄烟柳渡

半堤青黄烟柳渡，扁舟迟，斜阳呼。

憔悴诗魂，瘦笔瑟瑟图。

芒花[1]飘处剪影初，逆光侧，任荒芜。

西风弄吹一村树，落叶零，万木疏。

十载芳华，谁人论沉浮？

风绾秋声娑婆冷，臂弯空，叹芳孤。

注释 ◆◆◆

　　1芒花：多年生草本，地下茎非常发达，茎节处常有粉状物，叶缘含有砂质，圆锥花序大型，长约30—50公分。小穗成对着生，但是穗柄不等长，在基部长有成束的紫红色毛，具有两朵小花，雄蕊3枚，花柱2枚，颖果长椭圆形。秋季开花，山坡上，道路边，溪流旁以及各处的荒废地，极为常见。

醉花阴·独守空闺卷帘帐

独守空闺卷帘帐。银钩衔罗纺。

凌霄[1] 轩窗蔓，晓风吹面，酥手眉梢上。

风摇垂柳轻似雾。抚琴自弹唱。

眸波浮生幻，听花指媒，红尘走一趟。

注释 ◆◆◆

1 凌霄：指凌霄花，别名堕胎花、藤萝花等。属于活血化瘀药，味辛、酸，性寒。为多年生木质藤本，有硬骨凌宵和凌霄之分。凌霄花是连云港市名花之一。千年古凤凰城——南城镇，素有"凌霄之乡"美誉。

苏幕遮 · 心儿慌

心儿慌，忽作觅。手足无措，柔歌无从计。

娟花小伞莲步轻，乱绪疏狂，猜想君来意。

影儿随，好天气。风撩发丝，梅妆[1]点相忆。

三生三世等君访，月老牵缘，旷世无人替。

注释

1 梅妆：是"梅花妆"的省称。古时女子妆式，描梅花状于额上为饰。相传始于南朝寿阳公主。南朝宋武帝女寿阳公主曾卧于含章殿檐下，梅花落公主额上，成五出之花，拂之不去，皇后留之，自后有梅花妆。妇女多效之，在额心描梅为饰。遂称"梅花妆"，简称为"梅妆"。

醉花阴·痴情如我梦底瘦

痴情如我梦底瘦，相依总不够。

只道君难舍，心碎声声，挥别湿罗袖。

三生痴狂为君守，哪管春与秋。

待落寂成影，离愁[1] 飞花，何惧残更漏？

注释 ◆◆◆

1 **离愁**：出自李煜《相见欢》："剪不断，理还乱，是离愁。"意思是离别的愁苦。

醉花阴·双蝶舞透斜阳暮

双蝶舞透斜阳暮，青衫芳华驻。

伊人[1]久凭栏，吟诗醉月，堪蜜语无数。

今宵又见情如初，多情君不负。

那一岸晓风，红尘梦影，莫寻回头路。

注释 ———————————————— ◆◆◆

1伊人：汉语词汇。是指这个人；那个人。今多指女性，常指"那个人"，有时也指意中人。出自《画图缘》："怎明白咫尺伊人，转以暌隔不得相亲。"

醉花阴·花前月下燃四目

花前月下燃四目，蜜语增甜度。

冷暖全不知，十指紧扣，笑声惊鸥鹭。

风报人间凋零忽，缠绵[1]无觅处。

萧瑟秋声起，桂花情柔，珠泪断无数。

注释 ◆◆◆

1 缠绵：汉语词汇。是指牢牢缠住，不能解脱（多指病或感情），久病不愈。也指说话纠缠不清、婉转动人等等。

苏幕遮 · 疏窗影

疏窗影，朔风诉。一夜寂寥[1]，嗔时柳眉竖。

多情却被真情误，凭栏露重，冷凝泪如瀑。

烟波皱，水东渡。世事无常，月盈还亏负。

离愁攒眉滋味苦，曲调变奏，轻身斜阳舞。

注释 ◆◆◆

1 寂寥：汉语词汇。一般形容寂寞空虚；无人陪伴的、独自一人的；形容寂静空旷，没有声音。出自流沙河的《理想》："寂寥里的欢笑，欢笑里的酸辛"。

苏幕遮·雁南飞

雁南飞，声声促。长裙曳影，黄花开无数。

珠圆粉臂手如酥，唇纹轻启，牵动相思路。

知音遥，情难诉。红尘梦瘦，缱绻[1]无觅处。

奈何松轩雨侵寒，西风吹秋，又度霜凝露。

注释

1 缱绻：汉语词汇。牢结、不离散，或形容恋人感情深厚、爱情难舍难分。

江城子·十年情怨泣风晚

十年情怨泣风晚，夜阑珊，久凭栏[1]。

梦痕叠处，雨横风萧寒。

断桥相遇眸波转，倾城貌，酥手牵。

已是碧水并蒂莲，欢歌断，五十弦。

幽怀难诉，长堤烟柳倦。

明月相思寄楼兰，莫迟延，速速还。

注释

1 凭栏：汉语词汇。指身倚栏杆。

诉衷情·一夜秋寒瘦灯影

一夜秋寒瘦灯影，乱雨惊五更。

拾得残红飞花，和泪湿帘栊[1]。

相思纵，芳笺弄，谁人倾？

披衣独坐，霎时眼空，殇却无声。

1 帘栊：汉语词汇。泛指门窗的帘子。

小重山·一夕[1]秋风满院凉

一夕秋风满院凉，冷月西楼上，夜未央。

花影点点倚东墙，悄悄语，怎堪近天霜。

蛾眉淡淡扫，临镜补红妆，底事藏。

已是三更寒彻骨，雁声远，空留桂花香。

注释 ◆◆◆

1 一夕：一夜；指极短的时间。出自清朝著名词人纳兰容若的《蝶恋花》"一夕如环"。

临江仙·凌寒[1]深藏斜枝梅

凌寒深藏斜枝梅，名落芳笺成扉。

冰雪凉透心苞蕊，清词小径风，含香几滴泪。

春在梦里美若雪，邀得凌花做媒。

兀自沉默若转身，相思莫相归，红颜付流水。

注释 ———————————◆◆◆

1 凌寒：汉语词汇。冒着严寒。

鹊桥仙·穹庐江花

穹庐江花，邀风蝶舞，一枕春宵睡重。

水墨年华任尘封，留得心事烟雨共。

半世生涯，滩涂拾贝，瑶台[1]和鸣鸾凤。

紫陌深处柳青青，三千小园红豆种。

注释 —————————————◆◆◆

1 瑶台：中国神话传说中神仙所居之地。

鹊桥仙·水映古城

水映古城，故事春风，伊人红妆临镜。

弯弯小桥多期许，乌篷绣帘吴音[1]重。

平湖烟波，山色葱茏，几度孤舟乘兴。

一树梨花春带雨，柳浣东风衔旧梦。

注释   ◆◆◆

1 吴音: 指吴语，吴方言。一般指吴地的方言，也称江南话、江东话、吴越话。周朝至今有三千多年悠久历史，底蕴深厚。通行于江苏南部、上海、浙江、江西东北部、福建西北角和安徽南部的一部分地区。

鹊桥仙·春色无声

春色无声，芳魂一缕，枝头嫩蕊初纵。

一陌[1]东风软带雨，一朵相思千树梦。

阆苑花事，众萼仙葩，道是幽香暗送。

轻锁杨柳暖雾薄，阑干独倚眉峰重。

卷四 桃花咒

注释 ◆◆◆

1 陌：田间东西方向的道路，泛指田间小路。

鹊桥仙·松轩竹径

松轩竹径，梅苑徐步，零落薄香雪后。

韶光[1]无意浮浊世，尘缘裸雕芳华瘦。

罗袖轻舒，低吟浅唱，凌风傲骨依旧。

莫道情深痴妄语，寸心死系相思扣。

注释 ◆◆◆

1 韶光：汉语词汇。指美好的光阴，比喻青年时期。

鹊桥仙·落花覆溪

落花覆溪，残月如钩，一握云烟相纵。

且真飘然无所羁¹，一枕花事谁与共？

琴诉幽声，风里凄零，几度弦断五更。

乱红飞度摇烛影，梦醒方知春睡重。

注释 ━━━━━━━━━━━━━━━━━━━━━━━━━━ ◆◆◆

1 羁：本意为马笼头，引申义是束缚、拘束，也指古代女孩
留在头顶像马笼头的发型。

点绛唇·晓风薄寒

晓风薄寒，罗帐轻挑银钩链。

临镜窥端[1]，忙把朱砂点。

众里寻他，阑干倚千遍。

眸底缘。霜红花妒，枫桥又遇见。

注释

1 窥端：偷偷地看、观察。

点绛唇·桃花微倦

桃花微倦，暮风[1]不怜珠泪断。

羞语垂帘，玉臂环思念。

残更尽数，寄梦西楼怨。

方寸乱。瘦雨经年，归却烟柳畔。

注释 ————————————————◆◆◆

1 暮风：晚风。

点绛唇·暮霭[1]楚楚

暮霭楚楚，火树银花横天幕。

长裙腰束，挽臂君郎顾。

焰放闪频，欢悦眉鬖府。

柔肠舒。痴里缠绵，醉里红尘度。

注释 ◆◆◆

1 暮霭：汉语词汇。黄昏时的云雾。

浪淘沙·听雨湿眸帘

听雨湿眸帘，怎说心安？

灯前问盏珠泪弹。

十载初心三秋恨，孑影诉单。

玉漏送春归，红褪花残，

再听同曲同心难。

一腔痴情寄柳烟[1]，晓角风寒。

注释

1 柳烟：汉语词汇。意思是指柳树枝叶茂密似笼烟雾。

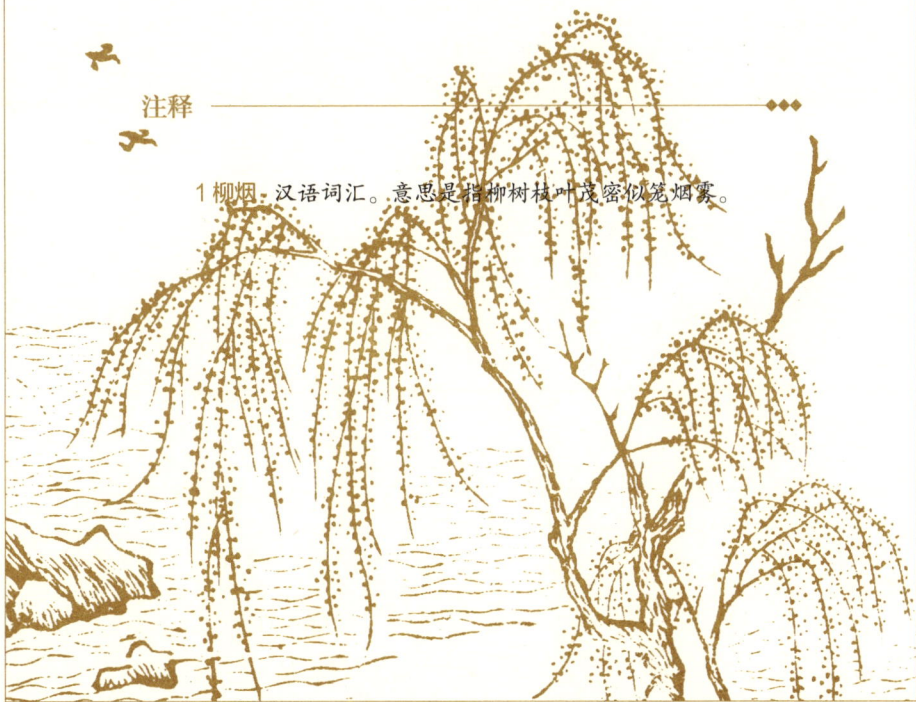

浪淘沙·薄寒天向暖

薄寒天向暖，梨花吹雪。

井冈山涧[1]鸟拾阶。

东风摇曳斑竹翠，穿花粉蝶。

故地寻相思，线索若竭。

孤影与落霞同歇。

一处闲愁花底事，多情成劫。

注释

1 山涧：汉语词汇。指山间的水沟。

浪淘沙·扇底桃花赋

扇底桃花赋，漫起烟岚。

阑干拍遍觅君还。

三千红豆作勘探，总想贪婪。

臆[1]作一梦独，青鸟音传，

托风唤莫视笑谈。

倾君眸瑶池微步，再无离弦。

注释

1臆：释为胸，多指心里的话或想法，主观地，缺乏客观依据的。

一剪梅·梅倚宫墙两三枝

梅倚宫墙两三枝，点点飞花，暗香惜时。

谁浣东风柔丝丝，冰消雪融，恐春来迟。

斗篷[1]瘦肩婀娜姿，歌泣忽生，路尽穷思。

梅妆涂红貌倾城，一片冰心，君郎可知？

注释 ◆◆◆

1 斗篷：披用的外衣，又名莲蓬衣、一口钟、一裹圆。用于防风御寒。

一剪梅·春光乍伴心语柔

春光乍伴心语柔，绿窗月弯，轻挑帘钩。

最是清风绕肩头，莲步¹姗姗，暗香浣幽。

莫惧尘缘几多愁，忧怨两知，当自风流。

云鬓金钗秋水眸，十里桃花，任性无由。

注释 ━━━━━━━━━━━━━━━━━━━━━━━━ ◆◆◆

1 莲步：汉语词汇。通常形容女人的纤纤细足走路的小巧，走路姿态美好而动人。

蝶恋花·初恋

蚕衣飘带灯笼袖，粉面娇容，佯装[1]花香嗅。

晴翠红伞举过头，捧心却作柳眉皱。

噗嗤一笑说醉酒，朝思暮求，只为近前凑。

借故东隅移双眸，无由汗流胸肌瘦。

注释 ◆◆◆

1 **佯装**：假装。故意假装自己很沉稳、坦然来掩饰内心的不安与慌乱。

醉花阴·天上云波荡悠悠

天上云波荡悠悠，风摇西湖皱。

啼声落满头，桨划追鸥，倒惊半堤柳。

浪里飞歌千百首，只为一人奏。

香风吹兰舟，柔肠[1]殷殷，销魂隔花透。

注释 ◆◆◆

1 **柔肠**：汉语词汇。指柔曲的心肠，情意绵绵。

相见欢·清茶浅淡流年

清茶浅淡流年，似云烟。

曾深杯幽怨[1]已付墨笺。

卿倚栏，罗衫倦，侧影寒。

红尘不尽桃花复又还。

注释 ◆◆◆

1 幽怨：郁结于心的愁恨。隐藏在心中的怨恨（多指女子的
与爱情有关的），有时也指女子含有埋怨但又很无可奈何的意思。

青玉案·思秋

寒蝉凄切风凉晚，烟柳残、白露降。

一缕叶黄一叶秋，底事些些，清愁几许，流萤点点亮。

玉臂[1] 轻挽落花声，梧桐瑟瑟拾阶上。

妆台寂寂半壁冷，环屋四空，忽忆长亭，最怕拎怅惘。

注释 ━━━━━━━━━━━━━━━━━━━━ ◆◆◆

1 **玉臂**：汉语词汇。释义为白嫩的手臂。多用于美称女子的臂腕。

南歌子·情非昨

青梅遇竹马，酒肆欲浅酌。

好风好月吟好歌，姑且巧提那事、欢情薄。

柳眉凝婆娑，星眸恨几多。

就怕错念桃花咒，已将芳心[1]暗许、成蹉跎。

注释 ◆◆◆

1 芳心：汉语词汇。本意为具有香气的花蕊，引申义为美好的心灵和情感。

南歌子·半窗竹风影

半窗竹风影，素叶卷微凉。

淡云追月似彷徨[1]，怕问繁华几许、夜飞霜。

三更皎洁姿，苍照东篱墙。

金蝉声声话疗伤，不忍浮生枉度、哀断肠。

注释 ————————————————————————— ◆◆◆

1 **彷徨**：走来走去左右徘徊，犹豫不决，心中无法做出决定。

南歌子·一见钟情

东风破古巷，锦霞满轩窗。

金鸡湖畔凤求凰，轻捻黄花两朵、试梅妆。

鸥鹭惊鸿舞，玉臂环襟膛[1]。

垂首含眉盈袖香，斜阳偏照娇态、喜若狂。

注释

1 襟膛：前胸。

南歌子·今宵看碧霄[1]

今宵看碧霄，天地共鹊桥。

牛郎织女七夕会，金风玉露相逢、路迢迢。

月下焚炉香，袅袅复袅袅。

红尘可识红尘客？眸波相缠离恨、云知晓。

注释　　　　　　　　　　　　　　　　　◆◆◆

1 **碧霄**：指青天、天空。也是道教文化中九天之一。后来，"碧霄"成为天空的借代词。

南歌子·月高平野阔

月高平野阔，洞穿[1]烟云冷。

窗前飞花几度红？风摇疏影残梦、太匆匆。

离愁孤舟渡，恨别万里空。

寂寞平生何所求？盈盈小字轻涂、叹芳龄。

注释 ◆◆◆

1 **洞穿**：一般是指在某一物体上开出穿透的洞。后引申为计谋或心思被人识破。

青玉案 · 夜静思

春波碧水映月孤，油纸伞、石板路。

杨柳清扬倚朱户，细雨薄烟，吹面微寒，夜放花千树。

借问芳笺词章好，道是闲愁画雕塑。

美目盼兮千百度，水墨渲染，清影典藏[1]，却为君心驻。

注释 ◆◆◆

1典藏：典，史诗类书籍。藏，小心保存。典藏，值得收藏的精而少的精品。

小重山·千里秋光冷烟锁

千里秋光冷烟锁，倚风听花落，雁声和。

情生情灭纸凝墨，一阕词，和泪吟离歌。

凭栏相思寄，莫贪残梦多，终成陌[1]。

只道月映帘栊纱，情未了，痴目叹情薄。

注释 ━━━━━━━━━━━━━━━━━━━ ◆◆◆

1 陌：田间小路，南北方向为阡，东西方向为陌。此处指各奔东西的意思。

小重山 · 楼台笼纱[1]夜锁寒

楼台笼纱夜锁寒，寻常红尘事，笛声残。

半弯弦月倚窗轩，西楼外，今夕是何年？

繁花霜天近，灯火困阑珊，冷朱颜。

只影梦断谁人怜？桃花咒，解密古难全。

小重山·昨夜桃花遇风吹

昨夜桃花遇风吹，抱残疏枝累，万点飞。

炮冲一杯浓咖啡，隔窗透，雾色笼深闺。

月隐星河[1]远，冷落娇姿媚，是为谁？

一阕清词花渐瘦，只为侬，芳菲付心扉。

注释

1 星河：指银河。银河是指横跨星空的一条乳白色亮带。在古希腊称为"乳之路"，在中国古代又称为天河、银汉、星河、云汉。

小重山·江南三月雨微茫

江南三月雨微茫，红伞撑古巷，夜薄凉。

碧窗[1]忽闻丝竹响，蛾眉蹙，纤指绣鸳鸯。

念卿急切切，和羞正梅妆，不思量。

烛深只影千滴泪，寒杯尽，眉下自成殇。

注释

1 **碧窗**：绿色的纱窗。"碧纱窗"的省称。唐·李白《寄远》诗之八："碧窗纷纷下落花，青楼寂寂空明月。"南唐·张泌《南歌子》词："惊断碧窗残梦，画屏空。"

相见欢·东篱[1]菊瘦柳残

东篱菊瘦柳残，著枫丹。

倦鸟归时弦月弯如镰。

声声慢，理还乱，是离弦。

忽念彼岸君郎冷衫寒。

注释 ◆◆◆

1 东篱：语出陶渊明《饮酒》诗："采菊东篱下，悠然见南山。"
因以"东篱"指种菊花的地方。"东篱"特指词，文人的小院。

越涛词 二

二三六

相见欢·踏雪寻梅汴梁 [1]

踏雪寻梅汴梁,影成双。

玉树琼花抖落风残凉。

两三枝,倚东墙,眉弯殇。

一身傲骨凛然是梅娘。

注释

1 **汴梁**:开封古称大梁,又名汴梁,中国北宋都城,又称东京,位于河南省中部偏东,北濒黄河,陇海铁路横贯市区南部,交通便利。

江城子·昨夜小楼著银装

昨夜小楼著银装，冰凌砌，雪花墙。

袅袅炊烟，飘托糯米香。

红炉思念正点沸，烫酥手 [1]，触离殇。

琼瑶 [2] 漫宇扬簌簌，落无声，吻梅娘。

凛冽气节，辜负冬暖阳。

双眸清澈凝尘世，喧嚣沉，待君郎。

注释

　1酥手：指女人温婉细润的手。语出陆游的《钗头凤》"红酥手，黄滕酒"一词。

　2琼瑶：美玉。

临江仙·旷世一恋与君逢

旷世[1]一恋与君逢，恰遇韶华春风。

减却疏狂赴踏青，放纵折花手，谈笑露华浓。

当真宿醉温柔共，道是帘卷西东。

自古痴情多离殇，红尘多少事，都付戏言中。

注释 ———————————————————◆◆◆

1 旷世：当今世界罕见；超绝，当代所没有的。

苏幕遮·树叶黄

树叶黄，添衣裳。草木凋零，不枉走一趟。

年轮老去秋光瘦，风铃摇曳，好似欢歌唱。

天苍茫，坠残阳。闻香觅荷，横塘[1]明月亮。

尘心不染芳菲尽，逝水无言，独自饮惆怅。

注释

1 横塘：亦名横溪，坐落在苏州市古城区西南部，是苏州高新区的南大门。

相见欢 · 浊酒¹ 玉壶残风

浊酒玉壶残风，酒睡浓。

犹抱诗枕沉醉与君逢。

踏莎行，钗头凤，诉衷情。

雁声惊扰醒来满目空。

注释 ◆◆◆

1 浊酒：浊酒是与清酒相对的。清酒醪经压滤后所得的新酒，静止一周后，抽出上清部分，其留下的白浊部分即为浊酒。

蝶恋花·小院清秋锁梧桐

小院清秋锁梧桐，酥手捻愁，画屏[1]萧瑟冷。

锦书折展又叠捧，墨香唤得相思重。

臆借天梯跨时空，几番力穷，笑谈自捉弄。

去留无声人成各，谁解痴恋生死纵？

注释 ◆◆◆

1 画屏：画有图案的屏风。语出南朝·梁·江淹《空青赋》：
"亦有曲帐画屏，素女彩扇。"

蝶恋花·巧遇

长裙一袭堪堪脚[1]，眉鬓周详，丰乳肥臀翘。

耳脉轻绕情歌调，逢人明眸示礼貌。

街角巧遇双肩包，英气勃发，憨憨虎牙笑。

一见倾心忘不了，繁花深处双蝶闹。

注释 ━━━━━━━━━━━━━━━━━ ◆◆◆

1 **堪堪脚**：堪，能，可以，足以。此处指裙子的长度恰好吻脚。

江城子·双眉含黛闭朱唇

双眉含黛闭朱唇，离别恨，染香襟。

芳心暗许，遁¹入相思门。

轻舟已过远雁阵，箫声断，曲离魂。

惟愿追梦蝶双舞，胸肌瘦，烙牙痕。

转世君郎，聚散莫错人。

不数轮回深几度，莺燕归，驻红尘。

注释 ────────────────◆◆◆

1 遁：为躲避不利于自己的境况而迅速离开，隐藏不露面。

诉衷情·朗月重圆清秋同

朗月重圆清秋同，松轩小桥东。

西风独我瑟瑟，青衫过长亭。

离人远，烟波冷，障千重。

极目冰轮[1]，琼楼瑶台，梦泊会卿。

注释 ————————————————— ◆◆◆

1 冰轮：指明月。语出唐·王初《银河》诗："历历素榆飘玉叶，涓涓清月湿冰轮。"

鹊桥仙 · 香叠烟津[1]

香叠烟津，乱红溪覆，霎时韶光不驻。

情深易逝艳骨冷，偏却迷离桃花渡。

眉锁清愁，三捧锦书，一阕清词相付。

聆听窗雨几分凉，奈何情痴依如故。

注释 ◆◆◆

1 **烟津**：云天中洁净的露水，道教徒认为可以祛病延年。有时也指烟波苍茫的渡口。

浪淘沙·冷月白东塘[1]

冷月白东塘，薄烟含香。

罗裙摇摇诉衷肠。

多情总是春宵重，倦倚西窗。

天涯遥相望，眉弯轻蹙，

怀抱皎皎一片霜。

欲拈桃花云鬓戴，痴梦微凉。

注释 ———————————————— ◆◆◆

1 **东塘**：指杭州东塘村。据传，元末明初，流经村西的淦河水深，可行船。船翁张氏，最早在此定居，故称张家塘坞，后为与河西岸的史家塘坞相区别，被人称为东塘坞，东塘村因此而得名，至今已有600余年历史。

水调歌头·春

桃花睁媚眼，初闻东风软。

檐头朱铃[1]殷殷，摇醒一梦帘。

举目平野江阔，

冰消雪融水暖，楼台笼柳烟。

鸭抖扑棱翅，鹅颈歌向天。

草尖嫩，绿绦绵，花袭岸

锦瑟调弦，不觉指冷玉笙寒。

蝶舞美人悸动，

恰借放低纸鸢，眉目多情缠，

春去春又还，万物已涅槃。

注释

1 朱铃：风铃。可以在风吹动的情况下，发出声音的物品，多用来作为饰品。

水调歌头·夏

罗扇执热手，薄汗湿衣袂。

乌篷轻过拱桥¹，蜻蜓绕低飞。

七月烈日胜火，

但见红袖蹙眉，朱颜粉妆催。

知了谁叫谁？闪电问闷雷。

举目穷，及时雨，滴滴贵。

与其焦灼，不如静赏一抹翠。

骤雨横塘初歇，

碧树竹床消累，蛙鸣声鼎沸。

些许清凉日，推窗邀风回。

注释

1 拱桥：指的是在竖直平面以内，以拱作为结构主要承重构件的桥梁。

水调歌头·秋

萧叶闭疏窗，瓜果尽熟透。

千里秋光旖旎¹，遍地庆丰收。

黄花开彻玉阶，

梧桐更兼细雨，悄惹柳眉愁。

孑身江天阔，何处关情柔？

饮离愁，断肠酒，悲从秋。

倦倚黄昏，满载相思一叶舟。

独上楼台凭栏，

频频珠泪轻弹，谁解桃花咒？

长风送秋雁，归期寄月钩。

注释

1 旖旎：形容词。释本义为旌旗随风飘扬的样子，引申义为柔和美丽，多用来描写景物。

水调歌头·冬

人间寒彻骨，众芳失华颜。

出门踏雪三尺，伤怀两地牵。

移步亭台边侧，

忽闻东邻笑欢，玉屑[1]落眉端。

嫣红斜枝梅，优雅倚疏轩。

举风骨，傲凌寒，玉珠圆。

幽沁芳华，凉透青山正衣冠。

千雪袭来骤然，

峭壁宫墙倚遍，九州梅花还。

今朝如初见，一眼便千年。

注释 ————————————

1 玉屑：玉的碎末，碎末的美称。比喻雪末。

点绛唇·遣云遮盖

遣云遮盖，奈何红尘有挂碍[1]。

绾发戴花，戳泪点翻晒。

风背湿气，身卧一畦海。

欠情债。荒唐对白，回眸意在外。

注释 ———————————————————————— ◆◆◆

1 挂碍：多出现于佛教用语，意思是"心因迷成障，未能悟脱。"语出《般若波罗蜜多心经》："菩提萨埵，依般若波罗蜜多故，心无挂碍；无挂碍故，无有恐怖。"

诉衷情·碧波湖面横孤舟

碧波湖面横孤舟，抬眸眉锁愁。

轻雾薄烟几许？挥手别码头。

罗裙[1]翠，和羞走，暗香留。

满头春花，入水为尘，一梦成秋。

注释 ◆◆◆

　　1 罗裙：丝罗制的裙子，也泛指妇女的衣裙。罗，是一种轻
软的丝织品。

诉衷情·斜阳残照满庭芳

斜阳残照满庭芳,伊人¹逆秋光。

寂寞梧桐零落,逐风乱亭廊。

倚朱户,心驰往,过重洋。

念念君郎,柔肠痛断,谁嗅花香?

注释

1伊人:汉语词汇。是指这个人;那个人。今多指女性,常指"那个人",有时也指意中人。出自《画图缘》:"怎明白咫尺伊人,转以睽隔不得相亲。"

江城子·轻摇兰舟近雨巷

轻摇兰舟近雨巷，油纸伞，小轩窗。

江南水乡，船娘歌声扬。

荷塘柳岸韶光老，眉间锁，青衫长。

七里山塘[1]寻常事，遇亲友，说君郎。

花落雨凉，捻一指馨香。

独抱初心君不负，雁字回，诗成行。

注释 ————————————————————————————— ◆◆◆

1 七里山塘：指苏州山塘街，姑苏第一名街。位于古城苏州西北部，东连"红尘中一二等富贵风流之地"阊门，西接"吴中第一名胜"虎丘。全长 3600 米，因此被称作"七里山塘"。

小重山·碧水船头笙[1]歌奏

碧水船头笙歌奏，横塘二三里，野渡收。

肥蟹芒花芦荻洲，雁字回，欲解千层愁。

天凉好个秋，风摆相思柳，眸波柔。

触景思卿今何在？痴情也，莫怪无他由。

注释　◆◆◆

1笙：是源自中国的簧管乐器，是世界上最早使用自由簧的乐器，音色清晰透亮。

雨霖铃·落雪无声

落雪无声，凌花[1]簌簌，悲欢几重？

经年铅华洗尽，却还是、凡尘素影。

梦底云鬟丝青，江南小桥东。

尘烟几许芳心动，万分憧憬任纷呈。

沙粒成珠蝶破茧，谈笑间、年轮渐次重。

归却西风正凶，拟芳笺、世事谁明？

含泪听雪，择一所庭院度余生。

踏破红尘三千丈，不过一帘梦。

注释 ◆◆◆

1 凌花：雪花。

鹊桥仙·天涯归客

天涯归客，泊舟江湖，蓦然[1]红尘万丈。

世间是非几回数，终了还是可笑样。

折腾半天，苦情死缠，到头不过礼让。

怎堪此生总多情，听雨看花走一趟。

注释

1 **蓦然**：汉语词汇。指忽然；猛然；不经意地，不经意间的意思。另有惊诧的含意。该词出自于《初刻拍案惊奇》卷二十："当时蓦然倒在床上，已自叫唤不醒了。"在辛弃疾的词《青玉案·元夕》中写道："众里寻他千百度，蓦然回首，那人却在灯火阑珊处。"表示受某种情景引起的行为。

红尘相向皆似梦，
东风衔恨，
不过枫丹秋路。

卷五　朱颜瘦

相见欢·独上凭栏北望

独上凭栏北望，雁[1]两行，

轻裹罗裙身影被拉长。

天苍苍，野茫茫，念念殇。

锦书小字一路踏花凉。

注释 ◆◆◆

1 雁：鸟类的一种，形状略像鹅，颈和翼较长，足和尾较短，羽毛淡紫褐色的季节性候鸟，善于游泳和飞行。雁，又叫鸿。十一、十二月南飞，六、七月到北方去，在北方繁殖。古人有鸿雁传书一说。

青玉案·花蝶缱绻别春早

花蝶缱绻别春早，人离散、痴痴盼。

清秋节时君未还。承诺搁浅，渐行渐远，苦等馨香[1]眷。

一段情缘一世愁，寒霜冷叶裹秋怨。

松风解带发成绺，老了容颜，望断飞雁，久伫已成岸。

注释 ◆◆◆

1 馨香：汉语词汇。散布很远的芳香、香气，比喻可留传后代的好名声。语出《古诗十九首·庭中有奇树》："馨香盈怀袖，路远莫致久。"在《维新梦》中："男儿抱热血，君子不偷生。光彩留今史，馨香怡后人。"等。

蝶恋花·晓风残梦泪如昨

晓风残梦泪如昨，带雨梨花，朵朵心头落。

凋零芬芳不由说，繁华褪尽叹情漠。

冷暖自知无对错，缘聚缘散，萍水擦肩过。

深躬合掌诉因果，放下纠缠离苦厄[1]。

注释 ◆◆◆

1 苦厄：苦难，灾厄。

相见欢·黄鹂[1]凌空鸣啼

黄鹂凌空鸣啼，千树呼。

松轩花径蝶儿缀春图。

春又暮，眉尖蹙，人还孤。

冉冉秋华交托谁同途？

注释 ———————————————————— ◆◆◆

　　1 黄鹂：指一些中等体型的鸣禽，是黄鹂科。黄鹂属29种鸟类的通称。体羽一般由全黄色的羽毛组成。雄性成鸟的鸟体、眼先、翼及尾部均有鲜艳分明的亮黄色和黑色分布。雌鸟较暗淡而多绿色。

醉花阴 · 双眸盈水秋波皱

双眸盈水秋波皱，临镜朱颜瘦。

残阳照孤旅，光影浮动，情丝霜染透。

金蝉斜枝对宿柳，嘶鸣[1]依如旧。

云厚天低垂，提裙远眺，风摇一地愁。

注释 ◆◆◆

1 嘶鸣：原指马放声鸣叫，引申为一切带长音的鸣叫声。

醉花阴·芳草萋萋花千树

芳草萋萋花千树，紫燕穿堂舞。

风动碧池皱，振翅对弧¹，鸳鸯戏鸥鹭。

滚滚红尘寻情路，不尽相思苦。

叹世事无常，有缘无分，声声唱梁祝。

注释 ━━━━━━━━━━━━━━━━━━ ◆◆◆

1 弧：数学上指圆周或曲线上的任意一段。

汉宫春·花事[1]阑珊

满庭芳菲，碧桃盈枝，嫣红染香帷。

最怕相思错寄，情动萼蕊。

翘首盼回，经年瘦，往事风追。

裙裾楚，古巷红伞，软语吴侬帘垂。

流水小桥凭栏，任青丝遮面，温婉低眉。

只道子影凄迷，君郎难归。

天涯梦短，欢情薄，怅绪横飞。

怎堪是，半世离索，斜阳西探翠微。

注释

1 花事：关于花的种种情状和事，特指春日花盛之事。

诉衷情·临窗独坐相思纵

临窗独坐相思纵，试问君可同？

温煮一腔痴情，盈盏照芙蓉[1]。

悄悄话，词章弄，无人倾。

凄凄月牙，惨淡微明，难掩伶仃。

注释   ◆◆◆

1 芙蓉：即荷花的别称。语出《尔雅》："荷，芙渠，别名芙蓉，亦作夫容。"借指女子美丽的容颜。

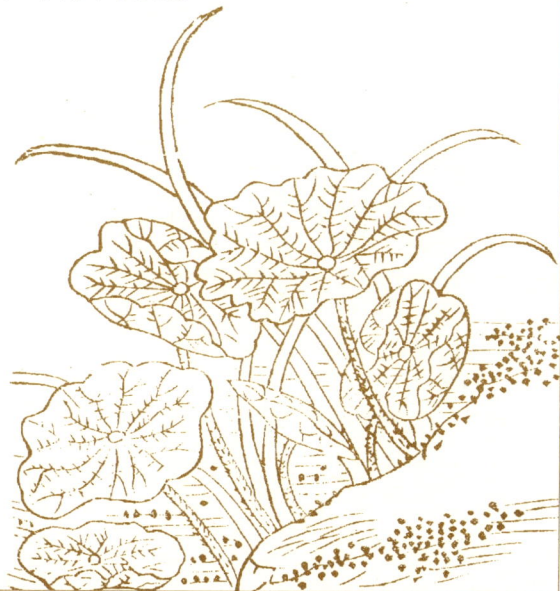

点绛唇 · 薄风飕飕

薄风飕飕，采菊东篱黄昏后。

暗香盈袖，倏[1]忆花满头。

飞鸿天涯，眉弯凉初透。

寸肠损。此宵重提，莫等朱颜瘦。

注释 ◆◆◆

1 倏：极快地；忽然。

雨霖铃·古巷幽幽

古巷幽幽，纵横交错，斜雨轻甩。

三月春惟揭幕，石板路、朱颜未改。

满地梨花覆溪，归客湿襟怀。

香落芳笺词章好，吹面不觉宋风来。

寸寸斑驳[1]青藤蔓，长短句、老墙惜承载。

欲与转身还去，油纸伞、惊鸿律脉。

珠泪滴滴，将氤氲记忆深深埋。

踏笛声离殇栽遍，来年花可开？

注释 ◆◆◆

1 斑驳：汉语词汇。指一种颜色中杂有别种颜色，色彩杂乱，参差不一。形容色彩纷杂。

青玉案 · 夜阑[1]卧听金蝉鸣

夜阑卧听金蝉鸣，晓风起、吹残梦。

一帘相思惊五更，遥望西峰，断肠朱颜，谁解孤独冷？

情丝索绝恨成昨，雨兼梧桐已秋影。

纵是繁华三千度，人生不过，向死而生，莫再苦情重。

注释

1 夜阑：夜将尽时。

忆秦娥·红尘客

红尘客，忽报岁首芳心获。

芳心获，眉梢柔波，良宵[1]一刻。

待到春光晓镜早，疏狂盟约千金诺。

千金诺，江南毓秀[2]，蓦然香陌。

注释 ◆◆◆

1 **良宵**：美好的夜晚。

2 **毓秀**：毓，养教；秀，优秀。毓秀，优秀的人才。

卷五 朱颜瘦

二七一

虞美人·病美人

病魔[1]突袭如山倒，轰然众生渺。

怎堪依个不禁风，箍首掐喉扭作呻吟声。

高热极限躯壳在，魂惊朱颜改。

幻似扶柳云上游，莲步轻移未曾下西楼。

注释 ◆◆◆

1 魔：指夺人生命，且障碍善事之恶鬼神。

越涛词 二

忆秦娥·南飞雁

南飞雁，别时依依红尘眷。

红尘眷，闺愁千缕，阑干倚遍。

眉蹙朱扉 [1] 馥桂里，望眼苍穹昔时念。

昔时念，梦里寻踪，孤芳影倦。

注释 —————————————————————————— ◆◆◆

1 朱扉：指红漆门。语出南朝·陈·徐伯阳《日出东南隅行》：
"朱城壁日启朱扉，残阳含照本晖晖。"

浪淘沙 · 香肩袅娜[1]步

香肩袅娜步，楚腰柳扶。

浣纱溪边青衫呼。

一梦经年浮光远，早已成书。

常忆卿泛舟，长江宽处，

白浪滔滔看日出。

千年等候朱颜瘦，终却芳孤。

注释 ━━━━━━━━━━━━━━━━━ ◆◆◆

1 袅娜：形容词。形容草或枝条细长柔软、女子体态轻盈柔美。

点绛唇·穹顶[1]瓦蓝

穹顶瓦蓝，侧耳悉风琴声断。

近野寒鸟，汀兰话缱绻。

错寄相思，瘦影说离散。

残阳坠，一片云闲，亦无古今叹。

卷五·朱颜瘦

鹊桥仙·纳画入帘

纳画入帘，孤影薄衫，轻叹乍凉还暖。

碧水长天起烟岚[1]，斜阳残照鸥鹭倦。

此生相遇，几世修缘，岂能空负婵娟？

西风忽作香肩瘦，怕数落花声声慢。

注释

1 **烟岚**：山林间蒸腾的雾气缭绕弥漫。

临江仙·东篱枝头几瓣春

东离枝头几瓣春，清冷梅瘦月隐。

孤灯只影欲断魂。千循红尘梦，独自黯伤神。

曾经风雪夜归人，岁暮[1]聚首暖身。

又见琼台皑纷纷。初心鬓云度，今宵叹香尘。

注释 ◆◆◆

　　1 岁暮：释义为一年最后的一段时间，指寒冬，比喻年老。此处指寒冬。

江城子·花影半帘晓梦醒

花影半帘晓梦醒，轩窗透，斜枝红。

窥镜妆容，酥手云丝拢。

绣鞋移莲楼台近，眉尖柔，眸剪风。

极目西岭黛山远，孤舟横，觅春踪。

黄鹂啼翠，紫燕[1]穿前庭。

依水枕涛多故事，芳心动，忆重重。

注释

　　1 紫燕：古代称骏马名，泛指骏马。也指燕名，亦称越燕。体积小而多声，颔下紫色，营巢于门楣之上，分布于江南。见宋·罗愿《尔雅翼·释鸟三》。

江城子·一江瑟瑟烟水寒

一江瑟瑟烟水寒，孤舟渡，过千帆。

青山隐隐，已见秋霜添。

纵然离愁千般苦，割不断，终是还。

此去经年菱花[1]迟，片片痴，瘦朱颜。

碧霄九重，灵魂何处安？

鸿雁锦字君郎唤，急切切，久凭阑。

注释 ——————————◆◆◆

　　1 菱花：指菱的花。菱，一年生水生草本，叶子略呈三角形，叶柄有气囊，夏天开白色花。果实有硬壳，有角，可供食用。语出南朝·梁·简文帝《采菱曲》："菱花落复含，桑女罢新蚕。"

南歌子·邀风凭栏醉

邀风凭栏醉，对影碧水间。

乘酒吹天星如雨，瑶台琴声渐去、余音缠。

一叶西湖波，芙蕖[1] 宿愁眠。

寒雁鸣悲惊夜阑，零落春心冷遇、负朱颜。

注释

1 芙蕖：即荷花。

南歌子·微风敲梧桐

微风敲梧桐，雁阵过长空。

楼台深锁香玲珑。初秋几场细雨、冷残红。

烟波逝愁绪，飘忽幻影重。

爱恨几多困浮生[1]。万种柔情唱尽、叹芳龄。

注释　◆◆◆

1 浮生：浮生是典故名，指人生。古代老庄学派认为人生在世空虚无定，故称人生为浮生。典出《庄子·外篇·刻意第十五》，故曰："夫怡淡寂漠，虚无无为，此天地三平而道德之质也；其生若浮，其死若休。"

苏幕遮·风卷帘

风卷帘，浮云散。梦移江南，倒是千般念。

一桥倾城¹好颜色，碧水轻舟，缠绵送暮旦。

春欲老，雨花溅。千里相思，旧字带愁看。

取下锦瑟五十弦，纤指疏狂，不及烟柳岸。

注释 ◆◆◆

1 倾城：形容女子极其美丽，也形容花色绝美，典故出自
《诗·大雅·瞻昂》："哲夫成城，哲妇倾城。"郑玄笺："城，犹
国也。"孔颖达疏："若为智多谋虑之妇人，则倾败人之城国。"后
以"倾城"为女主擅权、倾覆邦国的典故。陶潜《闲情赋》："表
倾城之艳色，期有德於传闻。"

一剪梅·雕花窗檐影画屏

雕花窗檐影画屏，帘卷东风，一地红英[1]。

无端落寞拾阶行，舞乱青丝，摇响朱铃。

叩听梨花暖日升，浣韵捻词，岁华匆匆。

锦书叠捧与君逢，凝眸尘烟，隔岸传声。

注释 ————

　　1 红英：红花。语出南唐·李煜《采桑子》词："亭前春逐红英尽。"

忆秦娥·香肩瘦

香肩瘦，隔帘春光烟波皱。

烟波皱，莺啼轻寒，蝶舞蜂逗。

廊桥斜倚姑苏柳，眸剪翠屏¹舒红袖。

舒红袖，相思如昨，残阳西透。

注释 ━━━━━━━━━━━━━━━━━━━━━ ◆◆◆

1 翠屏：绿色的屏风。语出南朝·梁·江淹《丽色赋》："紫帷铃匝，翠屏环合。"

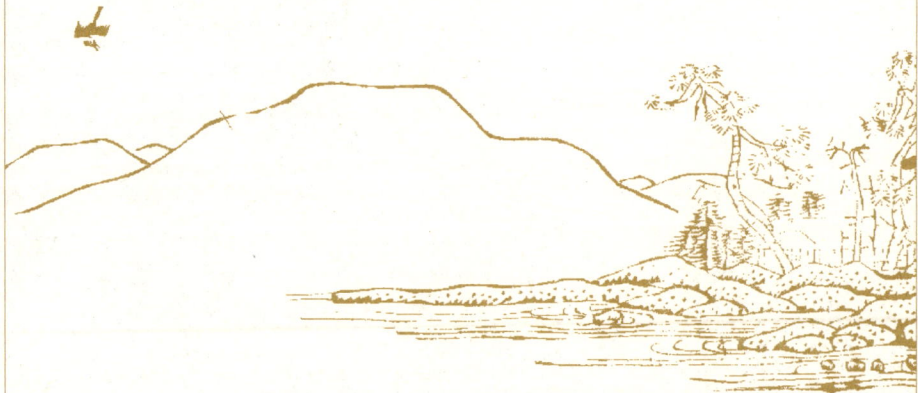

苏幕遮·眉梢寒

眉梢[1]寒，梦底瘦。天妒红颜，千里眸波皱。

度转流年语藏羞，几欲开口，却隔岸观柳。

月影重，浓情厚。尘缘如初，枕畔数更漏。

此生只为一人守，风若知我，信托青衫袖。

注释 ———————————————————◆◆◆

1 眉梢：眉毛的末端。眉毛的主要功能是防止水流入眼睛。
眉毛边缘弯曲的形状和眉尖所指的方向，可以确保水滴沿着脸的
两旁和鼻子上流过，而不会流入眼睛里。诸如眉尖、眉弯、眉梢
这些词出现在古诗词时，往往关乎情感变化。

苏幕遮·红枫红

红枫红，凝露重。古道西风，鹜[1]孤横塘共。

雁阵啼寒凌绝顶，万类霜天，冷染金梧桐。

飞鸿远，相思纵。只影观潮，日出江花涌。

芦荻浅洲兔雌雄，临风朱颜，正把芳心动。

注释

1 鹜：属鸟纲、雁形目、鸭科。也指家鸭。雄性头呈绿色，翅膀上有纹理，雌性为黄斑色，但也有纯黑色和纯白色的。雄鸭不会叫，雌鸭则会叫。

醉花阴 · 碧叶红珠[1] 缀庭院

碧叶红珠缀庭院。飞花风卷遍。

正午细雨歇，晶莹润泽，初露斜枝满。

撑起画架欲临摹，忽觉乱视线。

柳眉杏核眼，朱唇一点，神似宋唐婉[2]。

注释 ◆◆◆

1 红珠：比喻红色果实。语出唐·王建《题江寺兼求药子》诗："红珠落地求谁与，青角垂阶自不收。"

2 唐婉：字蕙仙，生卒年月不详。陆游的表妹，陆游母舅唐诚女儿，自幼文静灵秀，才华横溢。她也是陆游的第一任妻子，后因陆母偏见而被拆散。也因此写下著名的《钗头凤》(世情薄)。

阮郎归 · 今宵别梦寒

轻吟曲弄繁花间。一念锁眉弯。

绕指伶仃[1]起音弦。愁绪似连环。

朔风吹，暮云残。今宵别梦寒。

几度玉枕叩无眠。痴情付霞烟。

注释

1 伶仃：一般指孤独，没有依靠的意思。另外也有瘦弱的意思。

小重山·御街¹赏菊独自行

御街赏菊独自行，提步红尘间，春心萌。

去年此时探芳踪，比肩拢，今侬不再同。

玉带红衣早，秋缀暗香浓，花落声。

无语斜阳怜光扫，鬂钗正，风欺朱颜冷。

注释

1 御街：指位于河南开封市的宋都御街。于1988年建成的一条仿宋商业街。

诉衷情·几度烟雨觅飞舟

几度烟雨觅飞舟，凭添缕缕愁。

曾遇野渡¹码头，春种又秋收。

柔肠损，等候瘦，芒花丢。

秋已逝风，残阳西坠，多情无由。

注释 ◆◆◆

1 野渡：释义为荒落之处或村野的渡口。语出唐·韦应物《滁
州西涧》诗："春潮带雨晚来急，野渡无人舟自横。"

诉衷情·独倚寒窗侧观海

独倚寒窗侧观海，听浪花归航。

怎堪素弦¹声断，珠泪湿夜长。

情难舍，事难料，莫疏狂。

赊个梦底，一生等待，愁怀深藏。

注释

1 素弦：指无装饰之琴。语出唐·刘禹锡《许给事见示哭工部刘尚书诗因命同作》："素弦哀已绝，青简叹犹新。"

相见欢·初冬雨后凭栏

初冬雨后凭栏，浮云残。

老树寒鸦[1] 悲鸣声绕肩。

撩心弦，心弦断，是离弦。

几多乡愁逐风画江南。

注释

1 寒鸦：亦称"慈鸟"，"小山老鸹"。体长可达 35 厘米，上体除颈后羽毛呈灰白色外，其余部分黑色，胸腹部灰白色。在我国大多终年留居北部，冬季亦见于华南。

相见欢·昨夜雨骤风急

昨夜雨骤风急，乱红¹迷。

梧桐摇嘶吼最难将息。

浓愁重，兰舟空，绣架移。

一曲离殇绕梁复东西。

注释 ━━━━━━━━━━━━━━━━━━━━━━━━━ ◆◆◆

　　1 **乱红**：乱红就是飞舞的花。常常喻指时光易逝、红颜易老之感，诸如：泪眼问花花不语，乱红飞过秋千去。

相见欢·弦上弄情倾诉

弦上弄情倾诉，西厢 [1] 呼。

空折桃花酥手捻糊涂。

最恋她，朱砂点，柳眉舒。

一别千里终却不如初。

注释 ◆◆◆

1 **西厢:** 在古代常常是东厢房住主人和儿子，地势比北房略偏低，西厢房是女儿的房间（例如《西厢记》中莺莺待月西厢下），地势又比东厢房略低。南面是下人住的房子，地势更低。以此来说明在家中的地位。女儿出嫁之后，西厢房住来往客人。西厢，也借指元代著名剧作家王实甫的代表作《西厢记》中，张君瑞和崔莺莺优美动人的言情传奇故事。

诉衷情·梦断汴梁菊影瘦 [1]

梦断汴梁菊影瘦，鼓楼半盏愁。

也曾缔结黄家，玉蟾满西楼。

参北斗，渡烟柳，鬓霜秋。

身在官府，冷落红袖，心锁案头。

注释 ————————

　　1丁酉年九月二十九日，作者与郑福林、薛术两位挚友在郑州航空港区重逢，感慨万千。三人同在一座城市工作，竟然长达四年不曾谋面，伤感盈怀。

画堂春·桃花霁雨风温恭 [1]

桃花霁雨风温恭，香露滴落残红。

疏窗幽帘云弄影，倦倚九重。

任凭烦恼无数，梦里芳华雍容。

欲写相思徒增苦，几世能逢？

注释 ———————

1 温恭：温和恭敬。语出《书·舜典》："濬哲文明，温恭允塞。"

蝶恋花·剪剪清风细细雨

剪剪清风细细雨，山色空蒙，却是相思处。

柳抽新芽润如初，几度轮回来时路。

芳华灼灼提裙裾[1]，拾级而上，惹得桃花妒。

一去无痕一梦归，客在红尘关不住。

注释 ━━━━━━━━━━━━━━━━━━ ◆◆◆

1 裙裾：裙子，裙幅。

西江月·苦情缠

残月湿风蝉鸣，霓虹车流蒸腾。

十字路口辨西东，忽觉珠泪纵横。

只道三生[1] 约定，却是魅影行踪。

细雨兼作清秋候，放下时日心冷。

注释 ————————————————————— ◆◆◆

1 三生：佛教里指前生、今生、来生。

江城子·美人吟

旗袍款款霓裳倦，淡妆宜，暗香添。

玉指琵琶，瑶台轻轻弹。

饱读诗书花相伴，抒心语，落芳笺。

红尘一方清静地，茶消遣，度华年。

丰满玲珑，温婉释嫣然。

岁月从不败名媛[1]，神韵雅，藏恭谦。

注释

　　1 名媛：是源自古代、在 20 世纪 30 年代开始流行的一个称谓。一般指那些出身名门、有才有貌、又经常出入时尚社交场的美女。此外，她们多对社会有所贡献，并且热衷慈善。

青玉案·醉江南

烟柳笼纱莺啼处，携清扬、踏碎步。

竹风晓径雨如酥，掬捧幽泉，飞花满头，惊落双蝶舞。

黛瓦粉墙凌霄[1]瀑，古巷红伞遇旧故。

明月诗心两地书，柔情百转，若梦痴缠，一帘春风度。

注释 ———————————————————————————— ◆◆◆

1凌霄：指凌霄花。是紫葳科，凌霄属于攀援藤本植物，分布于中国中部，性喜温暖湿润、有阳光的环境，稍耐阴。夏秋季节花。

醉花阴·萧瑟梧桐锁清秋 [1]

萧瑟梧桐锁清秋。残吹一湖皱。

孤盏逢阴雨，日子细数，尽把余生凑。

隔岸渔火夜夜守，几人能看透？

只盼君回眸，此生待依，哪管朱颜瘦。

注释 ◆◆◆

1 清秋：特指深秋。清秋也意指明净爽朗的秋天。语出唐·杜甫《宿府》诗："清秋幕府井梧寒，独宿江城蜡炬残。"

忆秦娥·归来路

归来路，碧草连天春欲暮。

春欲暮，小径清幽，薄凉自度。

莫道红尘千般苦，绣楼独倚无尽处。

无尽处，婆娑梦影[1]，眉弯不负。

注释 ————————————————————————◆◆◆

　　1 梦影：犹幻影。语出瞿秋白《〈饿乡纪程〉跋》："心海心波
的浪势演成万象，错构梦影。"

一剪梅·粉蝶连舞影画楼

粉蝶连舞影画楼，乱仗飞雪，梅惊梢头。

暗香几缕千般柔，万里相思，凌寒凝眸。

一片冰心¹为谁守？强作欢颜，离愁难休。

曲终人散浮云游，半生孤旅，春华东流。

注释 ————————————————————————— ◆◆◆

　　1 冰心：像冰一样晶莹明亮的心。比喻心地纯洁、表里如一。
语出唐·王昌龄《芙蓉楼送辛渐》诗："洛阳亲友如相问，一片冰
心在玉壶。"

临江仙·雾锁楼台花掩门

雾锁楼台花掩门，临镜霜鬓香襟。

穿堂紫燕几度春。聚散匆匆苦，嘘叹[1]作烟尘。

纵有凡世千般恨，不过沸点余温。

一盏清茶了晨昏。莫道红颜老，岁月不饶人。

注释

1 嘘叹：叹息。语出宋·苏舜钦《高山别邻几》诗："负予好古心，嘘叹星斗灭。"

江城子·冷月寂窗晓光寒

冷月寂窗晓光寒，穹碧沉，云清欢。

人生苦短，烂事[1]莫纠缠。

黄叶萧瑟轻舟荡，柳微羞，若魂牵。

怕寻余温几时攒，蛾眉淡，瘦朱颜。

经过中年，愁丝断江南。

银钩斜挂两三枝，冬雪至，梅卷帘。

注释 ——————————————◆◆◆

1 烂事：方言。犹言麻烦事或弄槽了的事。

苏幕遮·叹飞花

叹飞花，楼独倚。绵绵细雨，织一帘诗意。

隔窗秋池涨无绪，拢鬓覆眉，难掩乱红泣。

常忆卿，寻芳迹。一柄红伞，几度撑落寂[1]。

莫道朱颜终归瘦，痴心偎侬，等风月朗逸。

注释

1 落寂：比较萧条的景象；因荒凉景象引发的内心伤感，由景入心的人生感悟。

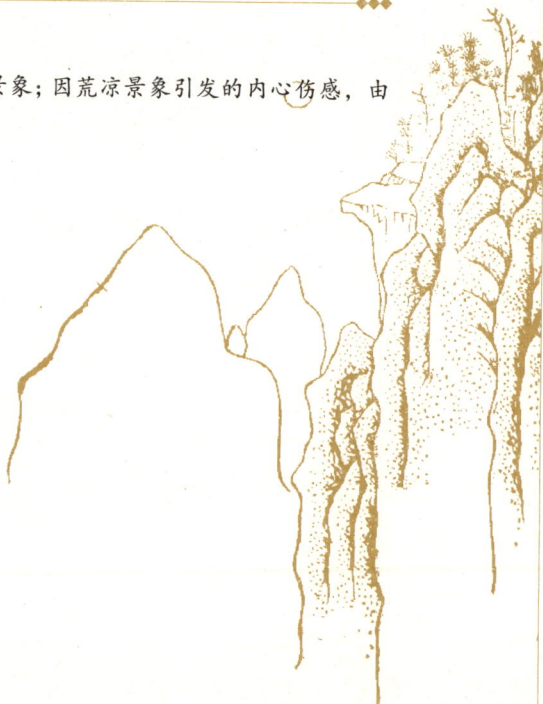

西江月·半生缘

霎时半生已度，热来冷往沉浮。

莫再听人夸貌楚，只求内质香馥[1]。

也曾葱茏叠翠，繁花胜处芳独。

红尘相向皆似梦，不过枫丹秋路。

注释 ◆◆◆

1 香馥: 释义为馨香馥郁。语出南朝·陈·徐陵《谏仁山深法师罢道书》："听钟声而致敬，寻香馥以生心。"

汉宫春·庭院深深

庭院深深，高阁楼台，邀风饮黄昏。

正有明月冉冉，不甘沉沦。

花开沁香，芳心软，浣洗啼痕。

燕子窥帘，似问归期当真？

红炉煮酒漫漫，缕缕相思起，空作劳神。

廿五载如一梦，寂寞生新。

双泪再垂，滴滴痛，孰近孰亲？

终却是，孤魂未安，春色尽付烟尘[1]。

注释

1 烟尘：烟雾和尘埃。

定风波·雕阑¹独倚玉笛横

雕阑独倚玉笛横，楼台隔花小杏青。

吹面不觉东风软，幽径，扶柳绿绦酥手轻。

诗书盈怀还恨少，自省，粉面桃腮若芙蓉。

一朝红颜浣秋雨，莫怕，尚有傲骨撑寒冬。

注释

1 **雕阑**：亦作"雕栏"。有雕饰的栏杆或栏杆的美称。语出宋·程珌《沁园春·赋椿堂牡丹》词："消得雕阑，也不枉教，车马如狂。"

朱颜已改花不同，
最是那数落花声。

附卷 唱词

○

越涛词
二

唱词：此生只为一人懂

霁雨初歇花正好，诗心盈怀比肩行。

长裙款款风扶柳，低吟成阕软香浓。

最美是那一低头，和羞若腆貌倾城。

眸剪翠帘问花语，惜花人何叹匆匆？

青衫薄裳不作声，似水经年多温恭。

可怜虚空逐名利，拍阑拍马不由衷。

秀木青青流泉外，远山云雾叠千重。

质本洁来两袖风，此生只为一人懂。

怕惹尘埃初临镜，兰舟残吹半世风。

朱颜已改花不同，最是那数落花声。

朱颜已改花不同，最是那数落花声。

三三二

唱词：梦里好风花千树

听雨涤心万物苏，微卷珠帘揭春幕。

穿堂紫燕梁上飞，寒鸦万点游西湖。

瑟瑟琼枝离人远，梦里好风花千树。

怜我平生己非己，顶戴匆匆芳心误。

一朝解甲自由身，断桥缺处寻旧故。

最是江南红湿处，挽臂拥肩眉梢笃。

一别朱颜逢甲子，三十功名又何如？

莫怨长亭心肠硬，诸事缠身弃娇楚。

忍顾归途人成昨，殷殷衷情向谁诉？

三千青丝斑霜度，谁了晨昏谁相扶？

忍顾归途人成昨，殷殷衷情向谁诉？

唱词：风过楼台月又圆

泛黄小字灯前浣，莫把离声寄旧弦。

酥手叠捧词半阕，芳笺未展珠泪弹。

披衣独坐花梨椅，银针线团织青衫。

余光乍瞄鸳鸯枕，寂寞罗衾染无言。

放下线团疏轩眺，风过楼台月又圆。

归期细数三五遍，恍惚前次隔世远。

芳笺重拾声声慢，万水千山流光散。

乱绪阑珊残烟里，闲愁何处是涅槃？

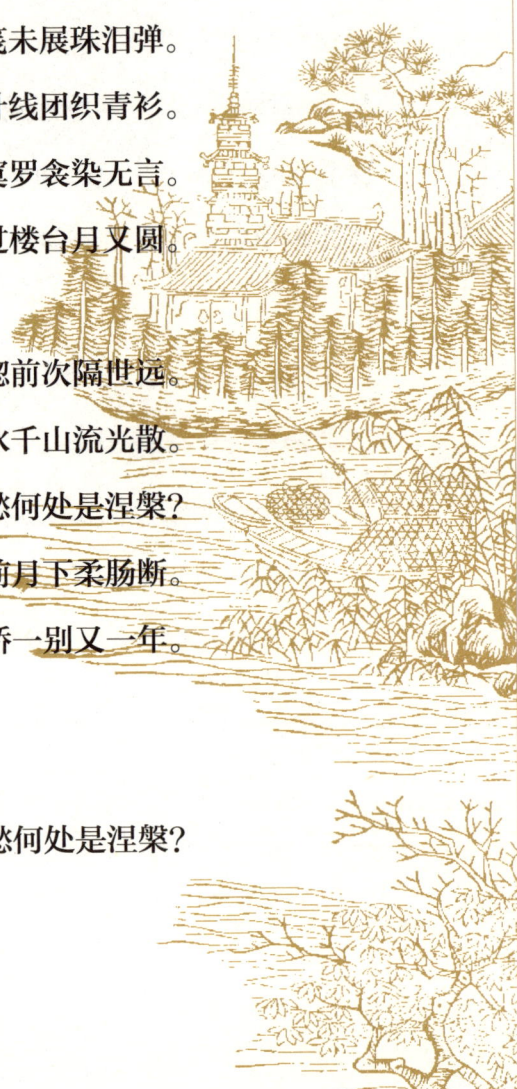

玉漏三更方恨晚，屏前月下柔肠断。

遥盼沧海一叶舟，廊桥一别又一年。

乱绪阑珊残烟里，闲愁何处是涅槃？

唱词：一弯残月挂西楼

一弯残月挂西楼，浓愁疏影灯花瘦。

风起身凉自妄语，谁说迟归黄昏后？

散时容易聚时难，寸心死系相思扣。

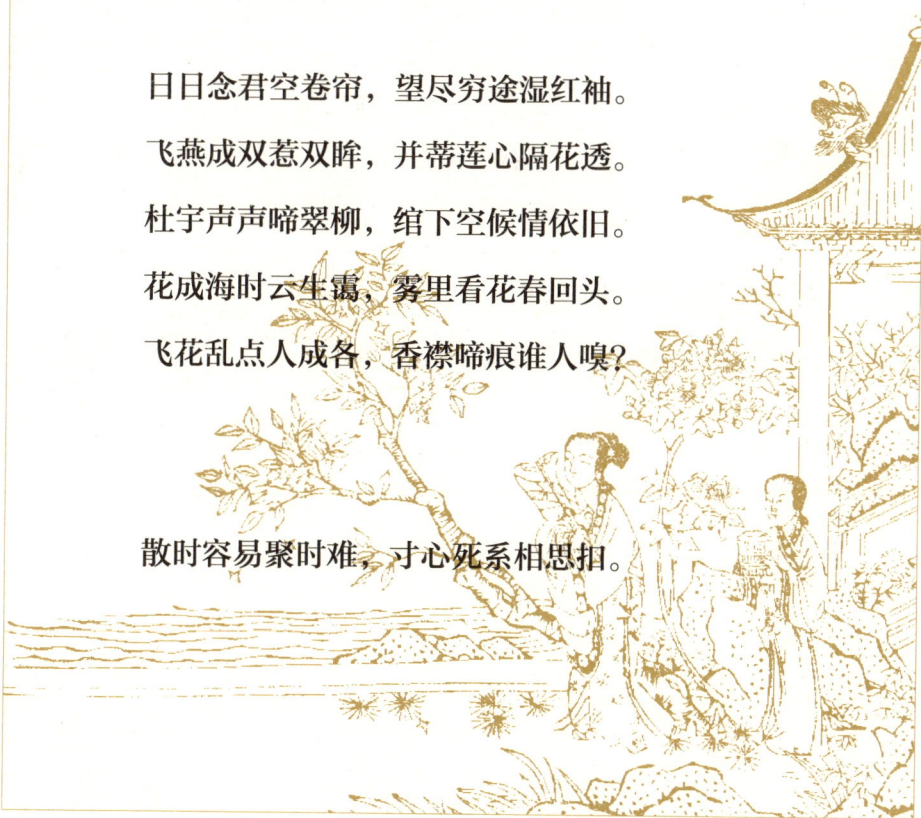

独念君心似我心，莫惧霜花插满头。

几多心愿随风落，断肠人饮断肠酒。

日日念君空卷帘，望尽穷途湿红袖。

飞燕成双惹双眸，并蒂莲心隔花透。

杜宇声声啼翠柳，绾下空候情依旧。

花成海时云生霭，雾里看花春回头。

飞花乱点人成各，香襟啼痕谁人嗅？

散时容易聚时难，寸心死系相思扣。

唱词：谁不愿朝朝暮暮

又是一年万物苏，花开向阳柳风楚。

罗纱罗裙云鬓梳，金钗黄花惹人目。

青衫玉臂韵味足，低吟浅唱花千树。

大江南北踏歌行，临水照花倚卉木。

朗朗碧空惊飞鸟，花香鸟语恰正午。

当年种下桃花咒，长江东去斜阳暮。

岁月尽可悄然逝，三月烟花荡空谷。

相去万里托锦书，残吹眉弯君不负。

提灯闲看影双出，偷得浮生宠君度。

两情依依黛眉舒，谁不愿朝朝暮暮？

两情依依黛眉舒，谁不愿朝朝暮暮？

唱词：万千繁华不及你

柳绵纷纷雪染地，诗画入屏风莫欺。

吟花咏月依如昨，占尽相思倚云去。

旧事捧叠藏于心，错过一人一世寂。

总忆昔时香如瀑，花谢花飞入春泥。

人间不种回头草，写尽离愁无处寄。

春光易老人亦老，忍顾回眸乱红泣。

嗔恨光阴空相付，归去来兮无所依。

若能寻得后悔药，倾尽膏肓不足计。

滚滚红尘浮生梦，万千繁华不及你。

人生一世何所求，留得清欢换无疾。

人生一世何所求，留得清欢换无疾。

唱词：江南雨巷柳含烟

江南雨巷柳含烟，小桥流水过庭前。

陌上东风春来早，翠袖抚琴蛾眉端。

红尘相向皆似梦，浣月花溪日影残。

天上人间苦情缠，唱断鹊桥夜已阑。

泪洒罗帕声腔瘦，只见冷月挂天边。

一曲伤怀牵两地，道是锦字传彼岸。

离愁别绪度日难，数尽相思空余叹。

对镜花黄云鬓改，懒得粉黛弄钗鬟。

弦断偏遇指尖冷，奈何烦忧扣连环。

待到雁荡染枫丹，愿为青衫正衣冠。

天上人间苦情缠，唱断鹊桥夜已阑。

唱词：任他秋月与春风

皑皑白雪扮古城，凌寒梅朵俏嫣红。

碧螺茗茶醒双目，晨曦清辉透帘栊。

昨日纷繁多少事，今朝无官一身轻。

是非成败一笑过，烟花盛宴转头空。

生命须臾时光短，倏忽残照斜阳中。

无心理会蓬间雀，任他秋月与春风。

书有千山待登顶，一曲赛马小桥东。

好想与你沧桑共，泼墨甩纸画顽童。

别人慕你三月花，我倒重看十月枫。

浪底淘金真情在，善待岁月仍从容。

是非成败一笑过，烟花盛宴转头空。

唱词：半世红尘半世梦

庭院深深一梦幽，碧玉帘栊东风叩。

还似那年春薄寒，阴晴花影隔纱透。

袅袅花开宛若雾，莺燕弄巧歌不休。

痴情如我种红豆，缕缕相思待秋收。

谁怜深闺久凭阑，乱绪飞花东墙柳。

楼台孤寂染啼痕，几度闲愁人依旧。

待到宵重玉漏残，轻身一别烟波皱。

亭廊凌霄天幕开，一处独欢自风流。

笑对残阳伴冷月，锦屏春色一梦收。

半世红尘半世梦，醒来已是黄花瘦。

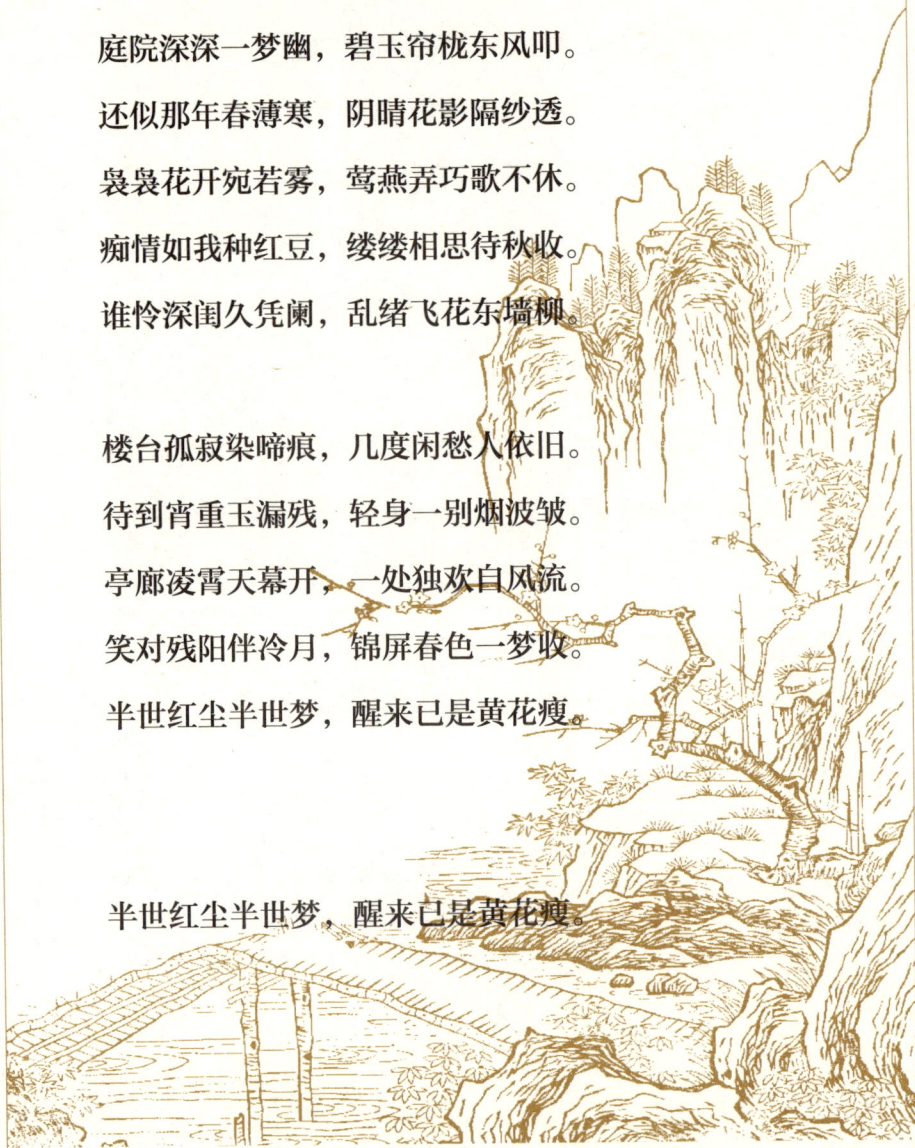

半世红尘半世梦，醒来已是黄花瘦。

唱词：自带光芒任途穷

春风又绿江南岸，大江歌罢调头东。

十里暖阳一园红，眼前鸟鸣两三声。

柳芽青青丝丝软，一抹远眺眉弯重。

纵是春光千般好，终将秋色染梧桐。

侬自芳华香凝露，笑看潾波叠浮萍。

几度徘徊疏窗影，花开已弹落花声。

袅袅炊烟问几缕，天涯何处知音共？

似梦似幻追仙踪，唐风宋雨千古通。

莫道三更灯花瘦，自带光芒任途穷。

一朝红颜浣秋雨，尚有傲骨撑寒冬。

一朝红颜浣秋雨，尚有傲骨撑寒冬。

一眼便千年

说来也巧，随着《越涛词》第二部画上句号，绿城的早晨迎来了久违的好天气，雾霾尽扫，蓝天白云，碧桃吐蕊，万木叠翠，一派生机盎然的大好春光。

上午 10 点，我与一闺蜜通电话，兴致勃勃，三句话不离写词著书。当聊到什么是理想的生活状态时，我便脱口而出：寄情山水步天涯，长短句里嗅桃花。她一听，电话那头就急了：你真是不食人间烟火，满脑子除了词还是词，简直就是个诗词狂人，连自己的身体健康都不顾了。放下电话，我心头一热：她是在心疼我啊！一直在帮我整理文稿的好姐妹丁翠兰也再三说：最近你疲劳过度，身体已经提出报警，你不能总熬夜写作了。

家人不理解，嗔怒于我在玩命，问我值不值？当他们读了作家出版社三个月前推出的《越涛词》第一部和我的长篇小说《香玲珑》之后，反倒说：你是对中华民族几千年灿烂文化的传承，对祖国、对家族都是大忠大孝。能写，就写吧，你是留给后人看的，值得。

我著《越涛词》只为喜欢。没有什么能比唐诗宋词更能激起人的感情共鸣，这种文学样式是人类从内心深处抒发感情的最凝练的表达，没有教化，没有大道理，却能让人一眼便千年。

最初认识并喜欢宋词，是觉得它句子很美，意境很美，美到几乎令人窒息。后来，再读到"人比黄花瘦"时，就会想到李清照那眉尖楚楚让人顿生怜爱的模样，她"误入藕花深处"时，让人忍俊不禁，很想劝她少喝点酒，不然会伤身体的。这种暖心的沟通是自然而然地生成，毫无时空年代感，仿佛她就在身边。当读过"十年生死两茫茫"之后，感慨万千，猜想伟大的苏东坡先生内心是何等的凄凉啊！记住了，就是一辈子的挂心，一辈子的念想。每当遇到苏东坡的讯息，就会格外关注。这恰恰是宋词最大的魅力：告诉你一个场景，却能给你留下无限的想象空间，甚至令你用毕生精力去寻找那个最贴切的答案。因此，我对这种文学样式的痴迷，一眼便千年。

我喜欢用宋词这种文学样式学习写词。小试锋芒，已经出版的《越涛词》第一部便得到一定程度的认可。

宋词这种长短句的文学样式，给我的创作带来快乐和激情。可以这么说，已经出版的《越涛词》第一部三百首，至少给我带来九百次的快乐。当然，在创作过程中，因为平仄和韵一事，也没少令我头疼。单就《蝶恋花》这个词牌而言，到底是平韵还是仄韵？郁闷和困惑伴随了我相当一段时间。李清照常用仄韵，例如《泪湿罗衣脂粉满》和《暖雨晴风初破冰》等，而纳兰性德则常常平仄混合，甚至平韵，例如《辛苦最怜天上月》等，一时间，不晓得该如何把握是好。

就此问题，我专门求教有关诗词专家。他们的基本观点是：立意在先，情感为首。词的意境跟心走。一旦意境圆满，用词字随心，感觉舒服就好。至于每个读者的认知，更是千差万别，所以，写词首先要给自己看，自己看着好，就好。

如今，我在长短句里自得其乐。任何一种爱好，都不会像我对宋词这样一眼便千年的眷恋。

蔡越涛

2018 年 3 月 25 日于郑州

图书在版编目（CIP）数据

越涛词. 二 / 蔡越涛著. -- 北京：作家出版社，
2018.5

ISBN 978-7-5063-7963-2

Ⅰ.①越… Ⅱ.①蔡… Ⅲ.①诗集－中国－当代
Ⅳ.①I227

中国版本图书馆CIP数据核字（2018）第096054号

越涛词　二

作　　者：蔡越涛	
策划编辑：张玉太	
责任编辑：翟婧婧	
装帧设计：小樱桃动漫集团	
版式设计：陈盛杰	
出版发行：作家出版社	

社　　址：北京农展馆南里10号　　　　邮　　编：100125
电话传真：86-10-65930756（出版发行部）
　　　　　86-10-65004079（总编室）
　　　　　86-10-65015116（邮购部）
E-mail:zuojia@zuojia.net.cn
http://www.haozuojia.com（作家在线）
印　　刷：北京中科印刷有限公司
成品尺寸：170×240
字　　数：190千
印　　张：21.25
版　　次：2018年7月第1版
印　　次：2018年7月第1次印刷
ISBN 978-7-5063-7963-2
定　　价：48.00元
